転生しまして、現在は侍女でございます。 0

Contents

苺《いちご》の花が咲いたなら

王族に生まれた子供は後宮で育てられ、乳母によって教育の下地を作られる。

そして七つになる年の春に、男児は王子宮へ、女児は王女宮へと移動しそれぞれに割り当てられた部屋の主となることが慣例として決められている。主としての心構えや、自らに仕える者への配慮を持たせることが目的とされているが、歴代の中には妃を百人近く持つ国王がいたため、子供たちまで後宮に住まわせると狭くなるからという、世知辛《せちがら》い理由があったとかなかったとか。

その真偽はともかく、なぜ春に移動をするのかというと、冬の寒さに加え、新しい環境に慣れない子供は病気になりやすいということへの配慮らしい。それゆえ、この国では人事異動も含め春に行われるのが慣例となったのだ。

そして王家の子供たちはここで厳しい教育を受け、どこに出しても恥ずかしくない王子、王女として国家を支える臣下たちの前に姿を見せるようになるのだ。


……というわけで、私にもその『春の人事異動』がありました！


十歳で王城に上がった私ことユリア・フォン・ファンディッドも今年で十八歳になりました。

淑女《レディ》としては半人前ですが、先輩方にご指導ご鞭撻《べんたつ》いただいたおかげで、すっかり一人前の侍女になることができ、この度、王女宮筆頭という栄えある立場に任命されました！

王女であるプリメラさまが七つになられるということで、後宮から王女宮へ移動するにあたり専属侍女である私が王女宮筆頭として選ばれたのは当然の結果だったのかもしれません。

しかし、筆頭という役割を戴《いただ》いてはおりますが、王女宮にはほとんど人がいません。なぜなら、プリメラさまのたっての希望で侍女は当面私だけでいい、多くの人間を傍《そば》に置くのは不安だと仰ったからなのですが……。

「……ごめんね、ユリア」

「いいえ、王女殿下。そのお優しいお気持ちは十二分に理解しております。王女宮も発足したばかりでそこまで人手を必要としているわけではございませんし、セバスチャンさんもおられますから問題はございません」

そうです、プリメラさまがそのように仰ったことには理由があるのです。

なにせ王女殿下の専属侍女《おきにいり》、それだけでやっかむ面倒な人というのは結構な数がいてですね、私はその中でも不幸中の幸いというか、貴族の出でしたのでちょっと嫌味を言われる程度で済んでいたと言えば済んでいたんですが……。

まあ要するに、簡単に事実だけ述べますと、嫌がらせがあったんです。

私としては勉強に仕事にと忙しくてあんまり気にはしていませんでしたが、あれは立派な嫌がらせで業務妨害だと思ったので当時、上役であった後宮筆頭さまにご報告させていただきました。

（下級貴族の小娘がでしゃばるんじゃないとかあんな投書もどき、子供の嫌がらせかって思ったけ

ど）

直接的に何かを言われることは数える程度ではありましたが、投書もどきやエプロンが汚されていたとか小さな嫌がらせは面倒でしたね。まあそれも、素早く報告させてもらったらすぐになくなったので報《ほう》・連《れん》・相《そう》の大事さを感じました。

でもその結果、私に働きかけてもあんまりダメージにならないと気づいたらしいいじめっ子たちが、それをプリメラさまに直接言うという暴挙に出てしまったのです！

おかげで幼いプリメラさまはすっかりそのことに心を痛められて、私のことを心配するあまりに他の貴族出身の侍女が私と共に業務に就《つ》くことを嫌がられてしまったのです。

涙目でうるうると私のことを心配しまくるプリメラさまは、そりゃもう可愛くていじらしくて……泣かせたやつギルティ。

良い人たちも実際いたし、庇《かば》ってくれる方やエプロンの代わりをすぐに貸してくださる先輩もいました。後宮筆頭さまもすぐに対応してくれた上で私の心配もしてくださったりと、本当に意地悪をする人はごく一部しかいないのだとプリメラさまにご説明申し上げると、一応安心してはいただけたのですが。

……うん、まあ。

それでも心配で、国王陛下にお願いをしたらしいんです。普通だったら通らないお願いだったと私は思うんです……。

それは、〝プリメラにつく侍女はユリアだけでいい〟……という。そりゃまあ光栄ですし願ったりかなったりですし、ああ、私ったら愛されてるなぁって感動すらしましたが！

まさか！　通ると思わないじゃないですか!!

あれは王女宮筆頭としての任命式、本来ならば陛下からお言葉をいただけるような場面ではないのですが、侍従の方が任命の書類を読み上げた後に国王陛下が仰ったのです。

『プリメラが今しばらく他に侍女は要《い》らぬというのであれば、望みのままにしてやれ。いつなりと王女宮で人が必要であれば、他の侍女たちを好きなように呼びつける権利を王女宮筆頭には与えよう。統括侍女よ、そのように取り計らえ』

『かしこまりました、陛下』

『しかし年若いそなただけでは不安も多いであろう。余の執事の一人をプリメラの執事としてつけるゆえ、その者に学んでみよ。頼りになる男だから安心するがいい』

その国王陛下が太鼓判を押して王女宮に送ってくださった執事こそ、セバスチャンさんなのです。

しかし、私はその言葉を聞いた時にはびっくりしましたよ。

普通なら、まずありえません。

王女のいる宮に専属侍女一人と執事一人、他には区画を担当している下級使用人を入れたとしてもまあ数える程度って……異例の事態だと多くの方を驚かせたんじゃないでしょうか。

本来ならプリメラさまはこの国で唯一の王女として、数十人の侍女に傅《かしず》かれる生活をして当然なお立場ですからね。人手が足りないわけでもないどころか余っちゃうくらいがちょうど良いと思うのです。

それもこれも王室の権威ですとか公共事業とかそういう諸々《もろもろ》があってのことなので、それを無視して少人数しかつけないというのは見ようによっては国王陛下が実娘の王女を軽んじているともとれる事態なのでは⁉

私自身あんまり難しいことはわかっていない小娘ではありますが、そんな風に思わず心配になりました！　幸先の悪いスタートにしか思えません。

（娘が望むならそれでって、いやまあ必要なら他の侍女を使えとは言ってくれてるから、プリメラさまの我儘《わがまま》を聞いてあげたってだけなんだろうけど……）

私は統括侍女さまの横で平伏《へいふく》して国王陛下のお言葉を聞いていましたが、統括侍女さまだって受け入れるほかないわけで……。私以外誰も動揺していないのは、私が未熟だからなんでしょうか、それともこれが当たり前だったんでしょうか。

私にはわかりませんが、そのように決まったのであればそれに従うだけなのです。なんせ筆頭侍女という役目を戴いてはおりますが、結局のところ侍女ですからね！

しかし、軽んじている云々《うんぬん》については、その後すぐに杞憂《きゆう》だとわかりました。

国王陛下はプリメラさまがこのことについて相談してきた際の可愛さをこれでもかってくらい自慢を……もといお話を、私たちに聞かせてくださいましたからね！

私としてはプリメラさまの愛らしさについて内心で全力同意いたしますけども、平伏しっぱなしで腰と膝が痛くてたまらなかったです。ちなみに、統括侍女さまは一切表情を変えず、そして陛下のお言葉が終わるまで微動だにしませんでした。それを横目でちらっと見上げて、私はすごいなと感動すら覚えました。

これこそが完璧なる侍女というやつなのですね、私など最後の方は若干プルプルしておりましたので……翌日、体が痛くなった私は、きっと未熟者オブ未熟者。

いつか統括侍女さまのような、あの境地に私も至れるのでしょうか。

いいえ！　至ってみせるのです。

プリメラさまのため、このユリア、どのような苦行が待ち受けていようとも、精進を重ねプリメラさまの恥とならぬ、立派な侍女になってみせるのです……！


……と、まあ。決意を新たにした任命式でしたが、その後は王女宮に引っ越したこともあって嫌がらせもすっぱりきっぱりなくなって、特筆すべきこともなく穏やかです。

伝家《でんか》の宝刀《ほうとう》よろしく国王陛下認可の『なにかあったら』人手を借りられることは保証されているんですから、ちょっと人の気配がなくて寂しいことくらい、なんてことはないです。実際問題、私を妬《ねた》む人とかが一緒の配属になったら変に絡まれて、お仕事に支障が出たりプリメラさまに心配をかけたりしていたかも……なんてことを考えるとぞっとしますからね。

たとえ、私一人しか侍女がいないとしても、苦になるなんてことはありません。おはようからおやすみなさいまで、私がプリメラさまのお世話をするんです。するんですったら。

それに基本的にプリメラさまは大変良い子なので私が困るなんてないですしね！　えっへん!!

もーうちの姫さま最高に可愛くない？　お利口さんだし優しいし可愛いし天使だしで毎日二人で

いられるとか幸せです。セバスチャンさんもいますけど。

むしろ私がプリメラさまのことを全部やるから他の人には手も口も出されたくないなって思っているくらいです。思うだけなら許されるでしょう？　いずれはそうもいかないとは理解していますから、今だけでもいいじゃないですか。

ただ、最近はプリメラさまも成長と共に苦手なお野菜ができたようで、食べなきゃダメなの？　って感じで私をチラチラ見上げてくる姿が大変愛くるしくてついつい許してしまいそうになり、セバスチャンさんに咳払いされるというパターンができていますが……いえいえ、工夫を凝らして是非召し上がっていただけるよう料理番さんにお願いするなど努力しておりますよ！

毎回野菜をすりおろしてケーキなどのお菓子に混ぜるとかでは芸がありませんからね。もっとこう、気軽に一緒に考えてくれるような、王女宮専属の料理人がいてくれたらなあと思うんですが……それもこれも王女宮が落ち着いてからだとセバスチャンさんにも言われました。

確かにその通りですので、私も新米ですが筆頭侍女の一人として頑張りたいと思います！

私の働きが王女宮の主としての、プリメラさまの評価の一端を担うのだと思うと、気合だってたっぷり入るというものです。

(心配をかけちゃった分、頑張らなくっちゃね！)

いやあ、しかしながら準備と引き継ぎは、本当に大変でした！

国王陛下も前王さまも男兄弟しかおられなかったために、この『王女宮』はずっと女主人不在の状態だったのです。

勿論《もちろん》、王女不在の間も掃除は欠かさず行われておりましたし、管理人としての『王女宮筆頭』という役割を戴く方はおられました。

ですので備品がないだとか、そんな間抜けなことは一切ございません。

とはいえ、主不在の期間が長かったこともあり、備品なども老朽化の可能性があることから内装や家具の買い替えを行っても良いとのご連絡をいただきましたので、張り切って全体的に改装することにいたしました。

役職に就いてからでは些《いささ》か行動が遅いですからね、筆頭侍女に内定したその日から通常業務の間にやっていたんですよ！　えっへん。

日々、仕事の合間に空いた時間を見つけては引き継ぎと内覧をして、とにかくプリメラさまが成長したのちも使うことを考えて改装案をきちんと考えました。

前に使われていた際とは当然世代的にも流行が違いますので、それらを踏まえて作り上げた改装案を統括侍女さまに提案いたしましたら即座に許可してくださいました。総額がいくらになるんだろうと思うとちょっと怖いですが、プリメラさまに相応《ふさわ》しい王女宮にしないといけませんからこれは必要経費です!!

それにしても、統括侍女さま……部下の提案にちゃんと耳を傾け、良いと思ったら即断してくださるとか強い……自他ともに厳しい方ですがとても尊敬できる方です。

その上で、いくら陛下の愛《いと》し子であろうと年間の予算を超えるような身勝手は許されないし、決してその予算を侍女が好き勝手するような真似はしてはならないので気を付けるようにと釘も刺されちゃいました。やはりちょっと予算から足が出ていたんでしょうか……？

勿論、私が贅沢《ぜいたく》をするためとかそんなことはありませんからね！　王女宮の予算はプリメラさまのために使ってこそです‼


とはいえ、そんな生活の中で筆頭侍女としてやることが大量にあります。

学ぶことも多く、本当になんというか、時間がいくらあっても足りません。

「ユリアさん、少し休憩してはいかがですかな？」

「あ、セバスチャンさん……すみません、気を遣っていただいて……」

「なに、この年寄りは王女殿下の執事ですが、貴女《あなた》の世話役も兼ねておりますからな。気兼ねせずに何でも相談なさるがよろしい」

ちなみに引き継ぎに関しては、前任者から『鍵の場所はここ』『タオルはここ』『王女さまのお部屋はこちら』『側付き侍女たちの住居はこちらからあそこまでの部屋で、このベルを鳴らすとそれぞれ対応した側付き侍女たちの部屋に置いてあるベルに繋がっていて呼びだすことができる』とか王女宮内部の案内がほとんどだっただなんて……いやまあそれまで使っている人がいなかったんだからしょうがないけどね⁉

最後の最後が筆頭侍女の執務室兼自室の案内で、書類棚と今までどれを使ってどこの文官が主に担当してくれていたのかを聞いて鍵を手渡されて終わり、という呆気《あっけ》ないものでした。

……引き継ぎってそんなシンプルでいいの？　って思いましたけど、まあいいのでしょう。すでに辞令は出ていたのですし、他に王女さまもいらっしゃらない以上することもないと言われればその通りですから。

そして、筆頭侍女としての私の部屋ですが、幸い前任者のおかげですぐにでも暮らせそうな状態でした。広さもあるし、相部屋で過ごしていた後宮の頃より自由にできて嬉《うれ》しいです。なにより簡易キッチンがあって嬉しい！

しかし、内装というか小物ですとか色合いですとか、私の好みとは合わないものが多かったので、そっとそちらも申請を出して諸々まとめてとっかえさせていただきました！

（なんせこれから長くここに住まうのだもの、これは無駄遣いではなく必要経費……!!）

勿論、そんな大それた改装はしてませんからね！　シンプルイズベストです。

ただまあ、なんと申しましょうか。

色々申請して必要経費にすることは統括侍女さまからもご許可いただいていますから無駄じゃないって信じてますし、問題ないんですが、もうね！　書類がね!!

たんまりあって、終わらない……。おかしい、どうしてこうなった？

別にできないわけじゃないんですよ？　私だって曲がりなりにも前世でOLなんてしてましたからね、パソコンを使ってとはいえ書類を何枚も見てきましたし書き上げましたし、一人暮らしをする際には役所関係や不動産関係の書類だって自分で読んでサインとハンコ押しとかやりましたよ！

……得意ってわけでもないんですけど。

前任者が親切で残していってくれた書類の手本を眺めては遠くを見て、を繰り返しております。

なぜかって？　答えは単純、見づらいから。

後宮生活の先輩いわく、本来は手本なんてなしで、見て聞いて覚えるものらしいんですが。

（どうして書き方が全部違うの⁉　いや用途によって違うのはわかる。だけど同じ処理の内容で書式が違うのはなんの理由が……毎回変えなきゃいけないわけじゃないだろうし、だとしたら要件を満たしていればいいってことなんだろうけど）

前任者が悪いわけじゃない。きっとこれまではこうしてたっていうだけなんだし、そのやり方で今まで問題がなかったんだから。

ちょっと癖の強い字とかその辺りは、もう個人の差だし。

……ですけどね、自分が書類をやる側になったら……気になるじゃないですか。同じ書類なのになんで書き方が色々あるのかとか……、こう、色々と！

字の綺麗《きれい》さには実はちょっとした自信があるので『書くだけなら』苦でも何でもありませんが、『筆頭侍女』として書類を『作成』するのだと思うと……ちょっと、つらいかも。

（手書きで書くなら、上の方から全部書くこと決めて、順番に埋めていけばいいのに……!!）

必要事項だけ書けばいいのになんだってこう、バラバラなのか。

わかってる。書き方はバラバラだけど、文官さんたちが確認するのに必要な内容は書かれているってちゃんと知っていますとも。

ただね、書く側として……前世の、書式が決まっているものを書くのでさえ面倒だなあとか思っていた私からすると、統一性がないもんだから、目が疲れるのです。

多分書く側も疲れますが、これは必要なものを探し出してチェックする文官さんたちもきっと目が疲れるに違いない……今度顔を合わせた時には親切にしようと思います。

思わず目頭《めがしら》の辺りをマッサージしてしまうのも仕方ないよね。

（こんなことでへこたれている場合じゃないんだけどな……）

幸いにも王女宮の辺りで清掃や配膳などに携《たずさ》わる下働きの方々は優しくて、年若い新米の筆頭侍女だからと侮《あなど》ることもなくちゃんと私の意見も聞いてくれるし、なんなら侍女が一人だなんて大丈夫？　って心配までしてくれている。その人たちに報いることも含めて、唯一の『侍女』である私が書類は一手に引き受けているんだけど……これは、正直。

正直言って、めちゃくちゃしんどい。

慣れればこれどうにかなるもんなのかしら。慣れる日がくるのか……!?

「お疲れのご様子でしたからな、お茶などいかがかと思いまして」

「……ありがとうございます。セバスチャンさんの紅茶はとても美味《おい》しいので、嬉しいです」

「そのように仰っていただけるとこちらも嬉しいものですな」

差し出されたティーカップを受け取ると、とても良い香りがしました。

セバスチャンさんとは王女宮に引っ越したところで初めて会って、同僚……というよりは私の先生みたいな形で一緒に仕事をさせていただいています。

まあ、基礎的なことは、行儀見習いから始まって侍女となった私も当然それなりに学んではいますが、人を使うとかそういう面ではまだまだですからね……。その点はセバスチャンさんが慣れておられるので、とても頼りになるのです！

なにより、私が魔法で淹《い》れたお茶よりも美味しいお茶を淹れることができる方なのです。

……その技能！　学びたい!!

プリメラさまのお茶を淹れる係は譲れませんが、せっかくだからより美味しいお茶を飲んでいただきたいというこの乙女心、ご理解いただけるでしょうか。

乙女心の使い方が間違っている？　知りません、そんなこと。

「今日もまた、随分と書類を書き上げられましたな。聞きしに勝《まさ》る優秀さでこちらとしては教えることがございませんな」

「ありがとうございます。でも、まだまだと自覚はしております。ですから、どうかご指導のほどよろしくお願いいたしますね」

「承知いたしました。しかしながら、体を労《いた》わることもお忘れなく。根《こん》を詰めすぎて筆頭侍女殿がお倒れにでもなったら、王女殿下も悲しみになられましょう」

「はい、気を付けます」

未熟な小娘の教育まで含めての業務は大変だろうなあと思うと申し訳ないのですが、セバスチャンさんが不満を顔に出されることは一切ありません。私も割と顔には出さず仕事に励めているとは思うのですが、まだまだだなと思うところがちらほらありまして……やはりこうして経験豊富な方に師事できるということは大変ありがたいと思います。

「……書類仕事に携わることは、後宮時代に先輩からいくらかご教授いただいてはいたのですが、やはり実務となると今回がほとんど初めてのようなものなのです。ですからどうしても手際が悪くなってしまうので……少しでも進めておきたくて」

「ふむ。私の日には十分できていると思いますが」

「そう仰っていただけると、少し肩の荷が下りたような気がいたします」

セバスチャンさんの言葉がお世辞だとしても、私としては少し安心いたします。

侍女の仕事は基本的に主人の身の回りの世話をすることが中心ですが、階級が上の方にお仕えするにつれてその難易度はあがると言われています。

特に王族、高位貴族の方に側仕えとして選ばれた者は求められることが多い気がします。

口が堅いこと、教養、手際、礼儀作法、その他諸々……。

まあ、そりゃできるに越したことはないし、偉い人ともなれば色んな人間関係とかあるから、侍女の出来が悪いと『その程度の人材しかいない』なんて思われてそこがネックになったりもするし。

そういう意味で書類とか金銭面において、知識や技能を発揮することもある……というわけなのです。そのための教育は勿論受けているし、私は貴族令嬢なのにプラスして前世の記憶があるからその辺は得意な方だと断言できます。

でも今なら言える。

前世で「書類って、面倒くさい」っていつも思って、すみませんでした……!!

手書きで全部、一から書き起こして文章考えて形を整えて提出するとか、本当に……本当に面倒なんだなと痛感しています。書式が決まってるって実は便利だったんだなあ！

（……うん？　便利だったと思うなら、それを真似したらいけないのかしら）

ふと、そう思い返してちょっと後で考えてみようかなあと思いました。いけませんね、目の前のことにだけ頭がいっていてきちんと広い視野で考えることができていなかった気がします。

やはり休憩と糖分は大事。

今後侍女を増員してもらう際には、後輩たちにきちんと休憩を取るよう言ってあげられる筆頭侍女であろうと思います！

「ありがとうございました、こちらの茶器は私が片付けさせていただきますね！」

「筆頭侍女殿にやらせるわけにもまいりませんでしょう」

「私たちしかいない宮ですし、どうか片付けくらいはやらせてください」

「……ではお言葉に甘えましょうかな。王女殿下も神殿からそろそろお戻りになるはずですから、手早くお願いしますぞ」

「はい、かしこまりました」

そう、私がこうやって書類に四苦八苦している間にも、今日もプリメラさまは王女としての教育の一環として神殿でお勉強をしていたのだ！

神殿はちょっと特殊な部分があり、そちらに赴《おもむ》かれる際は神官の付き添いが必要になるため、プリメラさまのために女性神官が送り迎えしてくださっていて、私たちは途中までしかついていけないのです。でも王族として今後神事に携わっていくのですから必要な事柄で……行く時も少し心細そうなお顔をされるもんだから……ああー！　なぜ私はついていけないんですか!!　って叫びたくなりました。

勿論そんなこと、しませんけどね！　お傍にもいられなくなっちゃう。

そして神殿で神学の授業を受ける際は正確に何時に終わるというものでもないらしく、神官の方がプリメラさまを宮まで送ってくださるのです。お部屋まで大神官さまがお越しになる時は時間が定められているのですけれどね。

（早くセバスチャンさんにも肩を並べられるようになりたいなあ）

まだ未熟者であることを考えたら当然なのですが、セバスチャンさんが私を見る目は優しい保護者そのものです。そこから脱するためにも、今は小さなことからコツコツと！

発足したてのこの王女宮、良い宮だと誰もが羨《うらや》む宮にしてみせますとも。

（プリメラさまが素敵な王女さまとして輝けるように、私、頑張りますからね！）

いつかはセバスチャンさんから頼りになる相棒と言っていただけるようになってみせますし、書類作成についても光明《こうみょう》が見えたのでそちらを実現してみせましょう。

これができたなら、きっとこれから働く侍女たちの役に立つはずです。

本当はね、全部あれもこれも片付けられちゃうくらいチート能力を持っていればよかったんでしょうけどね……相も変わらず魔力も弱ければお茶を淹れるくらいしか能がない私ですが、最近ちょっとこの魔法で新しいことを始めました。

いいえ。生活魔法という新しいジャンルを切り拓いた……というと聞こえは良いですが、要は魔力があれば道具が要らない程度に便利だよねっていう話なんで、やれるかなと試した結果といいますか。

庭師の方にですね、お願いして苗を一つ譲っていただいたんです。

苺の苗を。

なぜかというとプリメラさまは果物がお好きで、そんなプリメラさまと苺の取り合わせって最強に可愛いじゃありませんか。

（それでもってどうせなら私が育てた苺を召し上がっていただけたら嬉しいなって思うじゃない。思うでしょう！）

私が苗から育てていることはすでにセバスチャンさんもご存知ですし、毒見を兼ねて甘みのチェックも自分でするつもりだと宣言してあります。なんとなく呆れた顔をされましたけど、気にしない。

私の魔法を使って水を与え、土を管理しているのです。これほど安心安全な苺はないはずです。私の執務室で、いつでも目が届く距離で虫がついていないかもきちんと毎日確認して育てております！

プリメラさまには綺麗な実がつくまで、内緒の予定。

最近一生懸命にお世話していたからでしょうか、蕾《つぼみ》がついたことに私も喜びを隠せません。セバスチャンさんが呆れながらも良かったですねと言ってくれて、それがまた嬉しくて……。

ちなみにその時のセバスチャンさんったらいつもの冷静な執事としてのお顔ではなく、呆れを隠す気配はひとつもなかったです。なぜでしょうか、解せぬ……。

まあそれはともかく。

なにせ苗を育てることに関しても私は初心者ですから、上手《うま》く育つかもわかりませんし、ずっと内緒にしておくつもりでした。

ですが、花が咲いたら見ていただきたいなとも思うのです。

確か苺の花って、白くて可愛らしかったと記憶にあるので……お見せできたら、喜んでいただけるのではないかなって思うのです。

(甘く育たなかったらそれはそれ、ジャムにでもして召し上がっていただければ……!!)

可愛らしい白い花、そこに赤い果実が実ったら、きっとプリメラさまは大喜びしてくださるに違いありません。プリメラさまの、あの花が綻《ほころ》ぶような笑顔を見るためならば、苦労は厭《いと》いませんー!

(でも花を見せた後に実らなかったらどうしましょう)

残念そうにするプリメラさまなど、どうされていても可愛いとはいえ、忍びない。

(いやいや、今はそんな先のことを考えるよりも茶器を片付けなくちゃ)

茶器の片付けを手早くとセバスチャンさんに言われましたが、そこは抜かりはございません。

見習いの頃に、きっちりしっかり教え込まれましたからね……銀製のスプーンなどの、いわゆるカトラリーに関してはセバスチャンさんの方が美しく磨かれますが、そこはきっと経験の差です。

だけど、自分たちが使う一般的なものに関しては私だって負けておりません!

(まあ、私の場合はちょっぴり魔法も使うので反則だとも言えますが……)

寒い冬でも魔法で温かいお湯にして洗っていたとか秘密です。

綺麗に洗って風魔法を用いて乾かすのも、ほんのちょっとしたテクニック。

生活魔法というジャンルの第一人者ですからね！　このくらいできちゃいますよ！

……それだけ魔力が弱くてコントロールしか能がないっていうのもまあ正しい評価ではありますが、巨大な火の玉が出せるとか氷柱を作り出せちゃうとか、そういう（攻撃力的に）すごい魔法とはまた一線を画したものだと思いませんか。

自画自賛？　いいえ、世の多くの主婦とか水仕事をする人からしたら垂涎《すいぜん》の能力だと私は思っていますよ、心の底からね！

「さてと、これで良いかしら」

セバスチャンさんはすでに執務室から出ていって、新しい書類仕事もありません。

それらを確認してから、私はプリメラさまのお部屋へと向かいました。

勿論、今度はプリメラさまのためにご用意したお茶と、私が用意したお菓子も添えて、です。

お部屋ではセバスチャンさんが生けてある花の形を整えておられましたが、私の姿を認めて少しだけ優しく微笑んでくださって……まあイケジジイ……と新しい扉が開きかけました。

ええ、前世では割と年上のダンディなおじさまとか好きでしたよ。

乙女ゲームでの話ですけどなにか。大体そういう方って攻略対象者の身内とかサポート役とかで登場するので、「攻略できないってどういうこと！」ってギリギリしたもんですけどね。

さすがに転生した今、リアルで考えると攻略っていうか恋愛対象に見るなんて滅相《めっそう》もない。

眼福《がんぷく》眼福……って思うにとどめております。

何より私、イケメンは直視できませんからね……自分がどの立ち位置なのかくらいしっかりと理解しております。モブ万歳。

「ユリア！　セバス！　ただいま！」

「王女殿下、おかえりなさいませ」

「おかえりなさいませ」

ティーセットも準備万全であることをセバスチャンさんと確認をしたところでちょうど、プリメラさまがお戻りになりました。その後ろで女性神官の方が綺麗なお辞儀をしておいでしたので、プリメラさまへのご挨拶をしてから私も同じようにお辞儀をいたしました。

セバスチャンさんもご挨拶を述べた後、女性神官さんに声をかけて見送りに出ていかれました。

さすがベテラン執事さん。やることが非常にスマートですね……私が何かを言わなくても、大体のことを察してやってくださるので大変助かります。

そんなに遠くない未来、私も指導する側となる身です。

ああいうふうに、言われずとも自分で必要なことを判断して行動ができる侍女に、後輩を育てられるよう、まず私が育たねばなりません。本当に手本になるような、ベテランの方をつけていただけたんだなあと日々喜びを噛みしめております。

なにせ、セバスチャンさんの有能っぷりったら留まることを知りませんからね。

人に指示することにも長《た》けておられますし、まだまだ人見知りなところが多いプリメラさまもセバスチャンさんのその手腕に頼ることが多く、今ではすっかり信頼を置かれています。まあ、そこは父親である国王陛下が信頼していた執事、ということも大きいのかもしれません。

その上紅茶を淹れるのが上手くて、真摯《しんし》な人柄で知識も豊富とかセバスチャンさんの方が転生者の私よりもよっぽどチートじゃないかと思うんですが……いや統括侍女さまとかもそうだから、きっと頑張れば私だってあんな風になれるはず。

「今日の神学はね、どうして新年の時に王族が揃《そろ》って神殿でお祈りするかっていうお話を聞かせていただいたのよ！」

「まあ、それは大切なお話だったのですね」

「そうよ！　神殿の奥のね、大司祭さまやプリメラたちしか入れないところがあって、そこがすごく綺麗なの」

「はい」

「本当はユリアにも見せてあげたいけど、……できないのが残念だわ」

「そのお気持ちだけでユリアは十分でございます」

ああー天使、ほんと天使……‼

綺麗な場所を私に見せてあげたいってこの発言だけで私は舞い上がってしまいます！

でも本当に、その優しさが私には嬉しいのです。私に見せたいと思うくらい、あの神殿の最奥に美しい光景があるのでしょうが……悔しいなんてこれっぽっちも思いません。だって、それ以外のものをプリメラさまと一緒に見ることができるのですから。

これからどんどん大人になっていくプリメラさまのための王女宮。

一番のお傍で、その成長を見守らせていただくのが私の仕事。

その間、どれほど一緒に素敵なものを見つけていけるのか楽しみでなりません。それは毎日の、小さな宝物のようで、何物にも代えがたいものではありませんか。

「……プリメラさま、もし、よろしければですが」

「なあに？」

セバスチャンさんもまだ戻ってきていないこの部屋は、プリメラさまと私の二人だけ。

二人だけの秘密の、名前呼び。

少しだけ潜めた声に、プリメラさまが目を輝かせて、やや屈んだ私に顔を寄せました。

ああ、なんて可愛らしい子なんだろう！

「実は最近、苺の苗を育てておりまして」

「いちご？」

「はい。綺麗な実がなったなら、プリメラさまに召し上がっていただこうとユリアが育てているのです」

「わあ！　本当なの、かあさま！　プリメラね、すっごく楽しみ‼」

「ありがとうございます」

ぱっと喜びで頬を染めてくださるプリメラさまが、愛しい。

姉のように、母のように。

そんな気持ちで接する私を、『かあさま』と呼んでくださるプリメラさま。

きっと苺の花が咲いたなら、プリメラさまは今のように満面の笑みを見せてくださるのだろう。

きっとこの子は一緒に喜んでくれるんだろう。

実が上手くならなかったらその時はそれを一緒に分かち合って、そうやってたくさんのことを重ねていこう、そう改めて思いました。

「セバスチャンさんはご存知ですけれど、他の方には内緒でございますよ、プリメラさま」

「内緒ね。わかったわ、かあさま。プリメラ、ビアンカ先生にも言わないわ！」

顔を見合わせて笑う私たちを、戻ってきたセバスチャンさんが不思議そうに見ておられましたが、なんとなく察したのかもしれません。すぐに優しく笑って、何も言わないでいてくださいました。


蕾から垣間見《かいまみ》えるのは白い色。

だけどその蕾が開いたら、もしかしたら薄いピンクだったりするんでしょうか？

ああ、いつ花が咲くのだろう。どんな花を見せてくれるのかしら。

こっそり私の執務室を訪れてそうっと苺の蕾を眺めているプリメラさまを、セバスチャンさんが優しい顔をして見守っておられる様子を目にして、私も微笑ましくなりました。

廊下で護衛騎士の方々もほっこりした顔で見守っていたことにはちょっとだけ苦笑が浮かびましたけどね。

今日も王女宮は、平和です！

【苺の花言葉】

尊重と愛情、幸福な家庭、先見の明
あなたは私を喜ばせる

その足元に鈴蘭

最近、姪っ子のプリメラが見合いをした。

まだ十歳やそこらの子供だというのに難儀なものだとオレは思うが、王族の生まれともなれば政略結婚が当たり前の世界だ。可愛くて仕方がない掌中《しょうちゅう》の珠《たま》を手放すことを渋る兄ではあっても、国王の責務としてそれを邪魔するわけにはいかない。

ただ、父親として許される範囲で選んだのは信頼する重臣たちの子息だった。その中で、あの子に想いを寄せているのだというバウム家の嫡子、ディーン・ディインという少年が選ばれただけの話。


……だったんだが。


どうやらその二人は良い雰囲気だったらしい。国王その人からそのことを聞かされたからな。

国王である兄上は、父親としてはあまり面白くなさそうだが、愛娘《まなむすめ》が嬉しそうに笑っているから良い縁だったのだろうと最終的にはぼやくように言っていた。

それを聞かされたオレは、兄上の様子に笑いをかみ殺すのに必死だったわけだが。

バウム伯爵がどう考えているかはわからねえが、まあ、あのおっさんもなんだかんだ家族のことは大事に思っているようだから息子の恋が叶うなら嬉しいんだろう。

だが、オレとしてはここで驚くことがあった。

そのバウム家の嫡子には腹違いの兄がいる。

名前をアルダール・サウルといって、代々優れた軍人が当主になる『王家の盾』とまで言われるバウム伯爵家に生まれた庶子《しょし》であり――次期剣聖とまで呼ばれる男。

バウム伯爵が妻を迎えるまで別邸で育てていたという、その子供の母親が誰であるのかは決して明かされることもなく、当時社交界でもそれなりに騒がれたという。オレもまだガキの頃だったからその辺りのことはよく知らないが、まあ、あまり好意的には受け取られなかったのは確かだ。

（ゴシップ好きはどこにでもいるからな。特にバウム伯爵もそれなりに敵が多い身でよくやるよ、まったく……）

家族間でアルダールという男がどのように位置づけられているかは知らないが、兄弟仲は良いらしいという話は近衛隊長から耳にしたような気がする。

若くして近衛隊に入隊し、当時話題をかっさらった男。

優男然としているくせに、ひとたび剣を持てば大抵の騎士が相手にならない。

次期剣聖が入隊すると話題になっただけあって、オレもその試験を見にいったが恐ろしいほど静かな太刀筋《たちすじ》と視線だった。どんな修羅場を経験したら、あんなヤツが育つんだとぞっとしたもんだ。

その師匠が剣聖と聞けば、なるほどと得心もいったが。

かといって、剣のことで驕《おご》ることもなく、遠慮深く一歩引いたところから人を観察するような目で周囲を見ているくせに、誰かを拒絶することもない。なんというか、非常に『誰からも嫌われない』タイプだというのがアイツに対する多くの人間の評価だろう。

（まあ、猫をかぶっちゃいるんだろうが）

アルダールが近衛隊に所属する以上、オレも王族として顔を合わせたり言葉を交わすことは何度もあったし、剣聖という肩書が面白かったので訓練と称して剣を交えてみたりもしたが、あの男は本音を隠すのが上手い器用な面とは別に、生き方がどうやら不器用そうだと思ったくらいか。

剣を交えた結果？　はいはい、強かったですよ。

なんて面倒そうなヤツだろう、若いくせに面白くねえなあと思ったのは秘密だ。

人間味がないというか、まるで人形のようだと思ったのだ。

まあ、バウム家の話はオレも少しは知っている。なまじっか実力がある上に長子なのに、庶子ゆえに跡目は継げない。そこに跡取りの弟が無邪気に、純粋に慕ってくるとなれば、胸中複雑なものがあったっておかしくはないだろう。

まあだからって、アイツが人間性に問題を抱えていたとしても、その弟とプリメラの関係に問題が生じない限りはバウム家の方で対処してくれれば別に気にするまいと思っていた中で、オレは驚かされたのだ。

なぜかって？

オレも王族の端くれだ。親しい人間や家族を狙ったり、権力に繋がりを持ちたい人間がなにかを仕掛けてきたりなんて珍しくもない話なので、問題を起こしてオレの近親者に迷惑をかけている連中がいないか定期的に報告があがってくる。

その中で、秘書官が述べた言葉に思わずオレが、目を丸くしてしまうようなものがあったのだ。

思わず書いていた書類の手を止めて顔を上げれば、秘書官が眉を顰《ひそ》めたが関係ない。

「おいおい……どういうこった、そりゃ」

「今報告した通りですよ。次期剣聖と名高いバウム卿が、貴方《あなた》が妹のように可愛がっておられる王女宮筆頭のユリア・フォン・ファンディッドと最近文通していて仲が良いようだと申し上げました」

「……いや聞こえてた。報告は聞こえてたぜ？」

「さようでしたか、それは申し訳ございません」

しれっと答える秘書官は、オレの疑問がなんなのか理解した上でこの返しをしてくるからタチが悪いって思うんだが……まあ、それはいい。今更だ。

「……あの男が、ねえ……」

恐らくは弟の恋路を確たるものにするために、プリメラの専属侍女であるユリアの信頼を勝ち得ようとしているのであろうとは、すぐに理解できた。たとえ第一印象が良くなかろうと、信頼するユリアから良い言葉で推薦があればプリメラも婚約者候補に対して見る目が好意的になるだろう。

(そう考えれば自然なことなんだが……)

お世辞にもあの男が、女性に対して好意的に振る舞うという姿は想像できない。

いつも誰にでも礼を失することなく、当たり障《さわ》りなく接してはいる。

あの男に手紙を出したという女性たちの話も耳にするし、ほかにも城内で黄色い声をあげているご令嬢たちの姿だってオレも見ている。

だが、自分から愛想良くして女の興味を引く姿なんて想像ができないのだ。

「王弟殿下は何を気になさっておいでで？」

「ん？　ああ、いや大したことじゃねえさ。ただ驚いただけだ」

「さようで」

ちらりと流し目を向けてくる秘書官に、オレはただ口の端を上げて返すだけ。

そりゃそうだろう、バウム家のとこの長男が若干信頼できないから、妹分に近づいてきて大丈夫か心配だ……なんて口にできるはずがない。色んな意味でアウトだ。

まず、オレがどう思おうがバウム家は信頼できる名家であり、事実、今の当主であるバウム伯爵は国王陛下が絶対の信頼を置いている臣だ。同様にオレも信頼している相手の一人だ。その息子の人間性を疑うなど発言できたものじゃない。

加えてオレ自身はアルダールに思うところはそこまで、ない。

面倒な男だという印象はあっても、不誠実な真似をして自分の立場を悪くするようなことはないくらいには強《したた》かな男だと踏んでいる。

それから、ユリアだ。

兄の側室だったプリメラの母が、妹のように可愛がっていた侍女見習い。そこからオレも知り合って、プリメラの専属侍女にして王女宮を取り仕切る筆頭侍女になったアイツとは今でも軽口を叩き合うような仲で……。

だが王弟という立場にあるオレが妹のように可愛がっているという事実は、案外知られていない話だ。あえて公言するようなモンじゃあない。

そんな話がおおっぴらになれば、それを利用しようとするヤツだの、賢《さか》しらに苦言を呈してくるヤツだのがわんさか現れるのが目に見えているからな。お互い、節度を守っての関係なんだ、外野にやいのやいの言われる筋合いはない。

だからといって、隠しているわけでもないのにあまり知られていないのは、王女宮という場が後宮に近い奥まったところにあるからなんだろう。後《あと》、ユリア自身がオレと親しいことを他人に話していないことも一因として挙げられる。そういう面では賢い……いや、アイツはそういうのは考えてないな、どちらかというと『そういうのを口にすると面倒だから言わない』ってところか。可愛くねえ！

なんにせよ、オレが「よろしくない」と軽い気持ちで発言して誰かに聞かれた日には『王族の発言』として捉えられちまうんだから気を付けないといけねえ。

ここにいるのは信頼できる部下だけだ。

だがそれを理由に、気を抜いていいわけじゃない。

オレはオレの発言に、責任が伴うことを常に頭に置いて言葉を選ぶ。望んだ身分じゃあないが、そこで楽をさせてもらっている分はそれ相応に振る舞わなきゃならない義務が伴うのは仕方のないことだろう。まあ、なんだかんだ厄介《やっかい》な部分の方が大きい気がするんだけどな。割に合わない。

王弟ってのは存外、面倒な立場なのだ。

「……ご懸念《けねん》は、杞憂に終わるかと」

「ん？」

「筆頭侍女さまは、殊《こと》の外《ほか》、猛獣に懐かれるお人だと思いますので」

「……ん？　さらっとお前、酷い言い方してないか？　さすがにバウム家の息子捕まえて猛獣ってお前」

「あの青年だけが猛獣だと思わないでいただきたい。さ、どうぞ、こちらへ」

「スルーかよ！」

ジト目でこっちを見るなと言いたいのを我慢して、オレは言われた通りに窓の傍へと歩み寄った。どうやら外を見てみろと示しているらしい。

軍部棟の二階、王城側にあるオレの執務室からは中庭がよく見える。

有事の際にはこの庭に兵士たちが集《つど》い、天幕を張ることを想定した造りだが、平和な今は色とりどりの花が咲き乱れる中庭だ。庭師たちが日々精魂込めて手入れをしてくれているおかげで、四季の花が常になにかしら咲いている。

オレは花に興味がある人間ではないが、やはりそういったものがあると気持ちが華やぐというか、いいもんだなと思うくらいにはオトナになったと思う。一昔前だったら花といえば女に贈るもの程度……って思い出に耽《ふけ》ってる場合でもなかったな。

眼下には幾人もの使用人や兵士が憩いの場として思い思いに庭園を楽しんでいるのが見えて、微笑ましい。こうやって、城内の人間たちがそこを訪れて穏やかに過ごしているのを見ると、こちらとしても普段仕事をしている甲斐《かい》があるというもので……だが秘書官が示すのは、そこじゃない。

「花を見せたかったわけじゃなかろう？」

「ええ。あちらを」

「うん？　……ああ、なるほどな」

秘書官が指で示す先を見れば、そこにはちょうど並んで回廊を歩いている話題の二人がいる。タイミングがいいなと思ったが、おそらくこのタイミングを秘書官は計っていたんじゃなかろうか。しれっとそういうことをしてくるから、この秘書官は侮れないのであって……いや、まあそういう有能なところにオレも助けられているのだからあまり突っ込むまい。絶対に碌《ろく》なことにならないからな。

秘書官への考えを振り払うようにあの二人を見ると、なるほどと思う。

表面上はいつものように物静かな顔をして歩いているユリアと、その横でいつもの穏やかな笑みを浮かべているアルダールの姿にオレは苦笑する。

「ああやって普段から一緒にいるのか」

「休憩時間に少し話をしているようで。おそらくは王女殿下とバウム家の嫡子殿に関して、情報交換をしているのだと推測されますが」

「まあ、悪巧みしてるわけじゃないから問題はないだろう。……それとは別に健全な男女としてはどうなのかと思わなくもないが」

「さようですな。さほど頻度は高くないようですが、どうやら近衛騎士殿の方が時間を作って会いに行かれているようです」

まあ報告を耳にした限り、『健全な男女の仲』に進展するかどうか……ってところだろうか。

どうせユリアのことだから、あの平静を装った内面はとんでもなく動揺しているに違いない。なんせ王城育ち……というかプリメラと一緒の後宮育ちと言っても過言じゃあない。働いている身の上では表現としておかしいかもしれないが、箱入り娘と呼んだって言い過ぎではないんじゃなかろうか。

もしかすれば、実家のファンディッド子爵家で育つよりも箱入りになっちまった可能性もあるんじゃないのかと思うと少し気の毒に思ったが、しょうがない。

(プリメラに悪い虫が寄りつかないよう、王女宮は特別配慮されてるもんな)

仕事に真面目に打ち込んでばかりだったアイツには、アルダールは他の連中に比べてもちっとばかり顔の造りがいい男だしなあ。とはいえ、オレの方がいい男だと思うから、まあそこは多少免疫がついているだろうか。

だが慣れ親しんだオレ相手であっても『殿方と目を合わせて話すのは苦手で……』とか言って俯くような照れ屋だからな。だけど、それを何人が知っているんだろう。あまりいないんじゃないのか。

だから鉄壁侍女だの完璧主義だの色々言われるんだ。本人はまるで気にしちゃいないが。

(……まあ見た感じは、隠し通せているみたいだな)

もしアルダールがユリアを利用するだけだとしたら、どうしてくれようか。

可愛い妹分が泣くような目に遭ってほしくはないし、そんなことになれば可愛い姪っ子も泣いてしまうかもしれない。

だが秘書官が、杞憂だというならば、それには理由があるのだろう。

そう思って何も言わずに二人の様子を見守っていると、彼らの後ろを別の侍女が追いかけきて、何かを話しかけている。あれは王女宮に入ったばかりの侍女の娘だったろうか。

ユリアが気にかけていたような気がすると記憶を手繰《たぐ》り寄せている間にも、彼らの話は終わったのだろう。少女の姿が消えていて、二人がそれを見送っているようだった。そして何かアルダールが話しかけて、ユリアが応じている姿が見えた。

鉄壁侍女、無愛想、社交界デビューもできないで侍女をしている可哀想《かわいそう》な娘、下級貴族の娘。

色々と言われているが、どれもアイツを示す言葉として間違っちゃいないが、正解でもない。

それを万人が知る必要はないが、もしアルダールが本当にユリアの隣に立ちたいと思うのであれば……本当の意味でのアイツの価値を知る男でないと、オレとしては納得してやれない。可愛がっている妹分が幸せになるならともかく、無用に傷つくのを見たいとは思わない。

(……兄貴っていうより、これじゃ父親か?)

残念ながら嫁も子も、妹もいるわけじゃないオレとしてはどう接するのが最適なのかはよくわからない。だが、とりあえず長い付き合いだけあってユリアの良いところも悪いところも知っているつもりだ。

(まあ、だからってアルダールが悪い男とは思っちゃいない。思っちゃいないが……)

冷静に考えれば悪い相手じゃあない。浮名を流しているわけでもなく、品行方正で通っているし、跡目を継げなくても次期剣聖とまで呼ばれているんだから下級爵位かなにかを与えられる可能性だってないわけじゃない。そうでなくとも近衛隊に所属する限りは食いっぱぐれもないだろう。

(そういや、バウム家は分家を立ち上げるだのなんだのって話も出ていたっけな。だとすれば分家当主になるっていう将来は決まってんのか)

あまり貴族たちの動きに興味がなかったからと聞き流していた話をなんとなく思い出して、それならばファンディッド子爵家に婿入りしてどうのとかそういう可能性もなさそうだな、なんて思う。

そもそもユリアには弟がいたんだっけか。じゃあそこら辺は問題なかったな。

バウム家の分家なら、ある程度の自由と安定した収入が見込める土地が与えられるだろう。

見た目だって悪くない。むしろ良すぎるとユリアだと苦情を言ってくるか？　普通の女なら喜ぶところだろうとオレは思うが、まあ、好みってのは人それぞれだからな。

「お」

アルダールがまた何かを話しかけた。それにユリアが応じる。

それは普通の出来事だったが、ここから見える二人の表情に思わず苦笑した。

「なんだよ、良い雰囲気じゃねえか」

「さようにございますな。少々遅まきの春がやってきたようで」

「庭先はとっくの昔に春が来てるってぇのになー」

ちょうど二人が鈴蘭の咲く場所で、仲良く並んでベンチに座って話す姿を見て、思わず笑う。

遅まきの春か。いいんじゃねえかな。どっちも自分の幸せを二の次にしているような連中だ。幸せになるならオレだって祝福くらいしてやろう。

あんまり良からぬ関係ならば、多少は手なり口なり出すかもしれないが。ああでも、上手くいっているんなら時々ちょっかいを出してみるのも面白いかもしれない。

(心配して損したからな、そのくらい許されるだろ)

そんなオレの言葉に隣でぼやく。

「……うちの殿下のところには、いつになったら春がやってくるんでしょうかねえ」

おっと、これは藪蛇《やぶへび》だったか。

秘書官には悪いが、オレはまだまだ遊んでいたい。

だから聞こえないふりを決め込んで、やりたくもない書類に戻ることにした。

覗き見はするもんじゃあないからな。

「さーて仕事でも終わらせて、酒でも飲みにいくかぁー」

「……その山が終わったらもうひと山ありますので、よろしくお願いします」

「マジか！」

秘書官の言葉にオレは机の上を見て、脱走の計画を練るのだった。

【鈴蘭の花言葉】

純粋、純潔、謙遜
再び幸せが訪れる

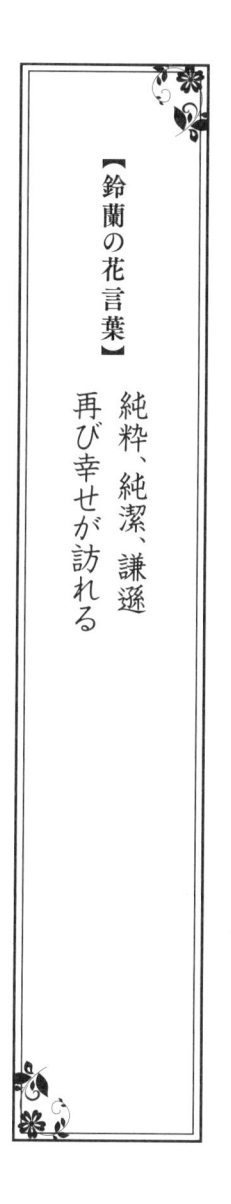

そよ風に揺れる百合

「夏の風が心地良いから、今日は外でお茶をしましょうか」

そんな他愛ない一言がきっかけで、暑い日差しが照り付ける庭を見下ろせるテラスで茶会が開かれた。

予定にないことを唐突に決めても、反対する者が現れるどころか即座に叶えてみせる周囲にも驚くばかりだが、願ったことがそのまま叶えられるのは、発言した人間が持つ影響力を示すようなものだ。それを目の当たりにして、客として迎えられた男は苦笑する。

公式なものではないその茶会に招かれた客人はたった一人だけ。

テーブルの上に飾られた華奢《きゃしゃ》なデザインの花瓶に、一輪の美しく花を開かせた白い百合が風に揺れていて、えもいわれぬ良い香りを辺りに漂わせていた。

テラスから見下ろす庭は、夏の日差しを受けてキラキラしているように見える。

それは先程庭師が水を撒いたからだが、どの角度から見ても美しく楽しめるよう計算しつくされたその庭には誰もが感嘆せざるを得ない。

「離宮の庭は、いつ来ても美しいものですね」

「国内外を問わず美しいものを見てきたお前がそれを言うの？」

「王太后さまを前に、このキース・レッス・フォン・セレッセ、嘘など申せるはずもなく。誠、この庭は美しいですよ。王城内の庭のどこよりも」

「であれば、庭師の努力の賜物《たまもの》でしょう。後で褒めてあげなければいけませんね」

「王太后さまのそのお言葉一つで、彼らは天にも昇る気持ちにもなりましょう」

「まあ、口が上手なこと。相変わらずねえ、貴方は」

くすくすと扇で口元を隠しながら、離宮の主である王太后は笑った。

王太后は表向き、政治的にも社交界的にも引退した身であるがゆえに、王族として公式行事の際に姿を見せるだけで、離宮から出歩くことはほぼないと言えた。

しかし引退したと言っても彼女の一挙手一投足が、数多《あまた》の人間に影響を及ぼす。

それは代替わりした国王と王妃にとっては良くないことだと王太后は考えている。だから彼女は公式行事以外、姿を現さない。

もうしばらくして、彼女の孫娘である王女プリメラが社交界デビューを果たした後、王族の責務を担うようになるその際には指導役になり、忙しくなるのだろう。

それまではこの離宮で穏やかに過ごすのだと王太后は笑うのだ。

そんな彼女の真意を知る者は、数少ない。そしてまた、その数少ない者たちは皆、王太后が真意を知る者を最小限にとどめたいと思っていることを知っていた。

「今日来てもらったのは他でもないわ。手紙にも最近の騒動について少し触れたけれど、わたくしがプリメラの専属侍女を務めている娘の社交界デビューに力を貸すことになったの」

「ファンディッド子爵令嬢でございますな」

「あら、よく知っているわねえ、さすがだわ。キースは彼女と言葉を交わしたことが？」

「いいえ。ただ大変働き者で有能な侍女であると宰相閣下が褒めていたのが印象的で」

にやりと笑ったキースに、王太后がくすくす笑う。

ぱちりと扇を閉じた貴婦人に、キースは臆することなく紅茶を飲んだ。

少なくともこの態度を許される程度には彼は王太后から信頼されていたし、彼もまた王太后を敬愛する人間であったからこそ、この場を設けられているとも言えた。


紅茶を優雅な仕草で一口飲んで、王太后が目を細めて笑う。

その眼差しはとても優しい。

「まあ。あの男の頭の中はドルチェで一杯かと思っていたけれど」

「いやはや、かの有能なる侍女殿が作るドルチェに心を持っていかれたようではありますがね。なんでも公爵夫人もその菓子に魅了されているなどの噂もあります」

ユリアが作った菓子は王太后も食したことがある。プリメラが会いにきた時に自慢げに用意させたものだったが、確かに目新しく味も良かった。

そしてなによりも、素朴な味わいでほっとするものがあった。まるで彼女の人柄を示すようだと王太后も思ったものだ。

それがきっとあのドルチェ好き夫妻を魅了したのだろうと王太后は思う。ただ、それと同時にその珍しくも家庭的な菓子類だけが理由でユリアに構っているわけではないであろうと、公爵夫人であるビアンカのことを思い浮かべて微笑みを浮かべた。

普段は凛々《りり》しい貴婦人としての姿を見せるビアンカが、離宮に来てプリメラの成長具合と共にユリアの話をする姿は普段の仮面が外れているような気がするのだ。それはビアンカが、気が抜けない貴族社会において、ユリアという女性に対しそれだけ心を許しているということであろう。そしてこの王太后の離宮が、彼女にとって心穏やかに過ごせる場所ということでもあるのだろうと王太后は思う。

王太后からしてみれば、宰相となった彼も、その妻であり公爵夫人として社交界を引っ張るビアンカも、そして奔放な三男坊である王弟も、みんな可愛い子供たちなのだ。

「ビアンカもドルチェ好きではありますけれど、あの子はあの子で個人的にファンディッド子爵令嬢のことを気に入っているようですからね」

「おや、それはそれは」

プリメラに礼儀作法を教えるビアンカが、王女宮に何度も足を運んでいるのは貴族たちもよく知る事実だ。だが、公爵夫人が筆頭侍女とはいえ、一介の侍女を気にしているということはキースにとっても新しい事実であったようだ。

そんな彼の様子に、王太后は満足そうに微笑む。

それほどまでに、王女宮の情報というものは表に出てこないのだ。

当然と言えば当然かもしれない。未だ王女は社交界に出てくる年齢に達しておらず、同年代の貴族の娘を呼ぼうかという話も国王から出ていない以上、公式の場の話題以外で知りようもないのだ。

「ファンディッド子爵令嬢が有能なのも本当よ。世間では鉄壁侍女などと可愛げのない呼び方をされているけれど、良い侍女が孫についていてくれているとわたくしも安心しているの」

「さようでしたか」

「プリメラが母を失ってその愛情を求めていることを理解していても、わたくしではどうにもしてあげられなかった時に、ユリアがいてくれてどれほど救いになったか。……あの子自身もまだまだ幼いというのに、一生懸命にプリメラのために頑張ってくれた……そのことに、わたくしはとても感謝しているの」

「ほう、そこまでですか」

「ええ、勤勉に働くだけでなく常にプリメラのために心を砕いてくれる。そんな人物があの子の傍にいてくれて、それがどれほど心強いことか」

プリメラの置かれた環境は、幼い子供としては哀れではあった。

生まれると同時に母を亡くし、父からは惜しみない愛情を与えられてはいても、そこに亡き母の面影を重ねられていると気づいてしまう聡明さが仇《あだ》になっている。

義母である王妃は側室の娘であるプリメラに対し、厳しくすることを愛情としてしまったがゆえにすれ違ったままだ。初手を間違えたと気づいてはいるようだが、王妃としての矜持《きょうじ》が邪魔をするのか、今更、態度を変えることができずにいる。

そんな母の姿を見ているせいか、プリメラの異母兄であるアラルバートもよそよそしかった。彼には王太子としての周囲からの期待が重圧となり、のしかかっているせいだったのかもしれない。

とはいえ、こちらは兄妹として最近は仲睦まじいようで心配はいらないようだ。

とにかく祖母としてできる限り愛情をもってプリメラに接したつもりではあっても、常時傍にはいられないことから王太后も案じてはいたのだ。聡明さが仇となり、家族すら信じられなくなる……或いは愛情に飢えすぎて性根が捻《ね》じ曲がってしまわないか。

その心配を杞憂としてくれたユリアに対し、王太后は本当に感謝し、そして我欲からではなく心の底からプリメラに愛情を注ぐその姿に感心すらしているのだ。

「では是非とも今回のことをもって私も彼女とお近づきになれたらと思いますよ」

「そう、それは頼もしいことだわ……それにね、最近はあの子にも春がやってきそうだから」

「ほう？」

「貴方も知っている騎士が一人ね、あの子と距離を縮めているようなの」

ふふ、と笑った王太后にキースが目を瞬《またた》かせ、そして笑う。

彼にも心当たりがあったのだろう。小首を傾《かし》げてわざとらしく顎に手を当ててみせた。

「はてさてそれはどこの幸運なる男ですかなあ。王太后さまがかように心砕いている女性を見初《みそ》めるなど、なかなかに見どころのある男ではありませんか！」

「あらあら、知っていてその態度は酷いのではなくて？」

「はは、もしも私が知っている男なのであれば――」

すぅっとキースはこれまでの芝居がかった顔から、穏やかで優し気な顔つきに変わる。

「――是非、幸せになってもらいたいものですよ。アイツもなかなか、難儀な男ですからね」

その様子に王太后も、目を和《なご》ませた。

「まあ、そんなに？」

「王太后さまも色々とご存知のことでしょう、母を知らず父親とは拗《こじ》れたまま、大人の上《うわ》っ面《つら》だけを学んでしまった男ですからねえ。その分『たった一人』を求めるロマンチストな部分がありましてね」

「あら……でも殿方には少なくないのでは？」

「ええ、そうですが……アイツに関して言えばそれを表面上は諦めているくせに心の中では求めているものだから、もしそのファンディッド子爵令嬢が理想通りの女性だと感じたとすれば」

「すれば？」

「逃がさないでしょうねえ、そういう男ですから。残念なことに」

「あらあら」

今度こそ堪《こら》えきれずに王太后が口元を押さえて笑った。

肩を竦《すく》めたキースもまた、おかしそうに笑っている。

「ですが悪い男ではないので、お勧めしておきますよ」

「貴方がそう言うのであれば大丈夫でしょう。さほど心配はしていなかったけれど、噂や上辺《うわべ》だけでなく個人を知る人物からの発言は重みがあるわ」

「本当にその侍女殿がお気に入りなのですね、王太后さまも」

「ええ。でなければ貴方が持つ最上の布地でドレスを贈りたいだなんて相談はしないわ」

「勿論、こちらとしては願ったり叶ったりですよ。それにそのお話を聞いて、是非使っていただきたいものがあるのですが……」

「あら、出し惜しみしていたのね？　酷い人」

「何せ今回、我が領にて職人たちが総力を挙げて生み出した布にございますからな。できるのであればまず王族の皆さまに献上すべきであると思えるほどに心血を注いだ逸品ですよ」

すっとキースが手を上げて合図をすると、彼が連れてきた使用人が反物を抱えてやってきた。

その白から宵闇《よいやみ》の色にグラデーションのかかった布地は、反物の状態でもきらきらとしていて、数多の極上品を目にしてきた王太后でさえ目を瞠《みは》るような品だ。

「かつては私も騎士として、先輩として指導もした可愛い後輩の恋ですからね。そういうことでしたら勿論、支援は惜しまないつもりですよ」

「貴方みたいに優しい先輩をもって、幸せ者ね」

「あちらはどう思っているかわかりませんけれどね！」

キースの言葉に王太后が優しく微笑んだ。

近衛騎士であったキースの姿を覚えている人間は少ない。今では外交官として生き生きとしている姿の方が、知られている。

そんな彼が、必要とあらば後輩騎士たちのためにいつでも力を貸すであろうと彼女は知っている。

あえて口に出すようなことではないから、彼女もまたそれに見合った行動をとるのだ。差し出された布地に指先を這《は》わせて、王太后は、ほう、と感嘆のため息を漏らす。

キースはその様子を見て気づかれないようにほっと息を吐き出した。

自信は多分にあったものの、それでも緊張していなかったと言えば、嘘だ。

「なんとも素晴らしいこと！」

王太后から出た賛辞の言葉に、キースが笑みを深めた。

セレッセ領の目玉とするべく持ち込んだ逸品だ、当然自信はある。だからこそ、この国でも最高の貴婦人に褒められて悪い気がするわけがなかった。

「ええ、ええ、必ずユリアに似合うドレスに仕立てて、セレッセ伯爵領の布地であることを宣伝しましょうね。それにあの子が申し訳なく思わないように、今後プリメラのドレス類を仕立てる時はそちらの領のものを使うようにわたくしから伝えておきましょう」

「ありがとうございます」

布地に触れて微笑んでいる王太后の表情はとても柔らかく満足しているのが見て取れる。それに見合った褒賞を約束したその言葉にキースは胸に手を当て一礼した。

（献上用にと思って持ってきた布地だったが、殊の外お喜びいただいたものだ。……他のものも今から用意してもなんとかなるとは思うが……これなら必要ないか？）

若い女性向けの色合いとは正直言い難《がた》く、王太后向けに用意させた品であったのだが今回持ってきた布地の中で最も素晴らしいと胸を張って言えるものだ。

それを惜しげもなく、子爵令嬢とはいえ侍女に与えようという王太后のその心意気にキースは恐れ入るばかりだ。普段から誰かを特別扱いすることなく、公明正大なる振る舞いをし、凛《りん》と立って人々の規範となってきた、この国最高の貴婦人。

（この御方は、引退して尚、淑女の鑑《かがみ》）

キースが心から頭を下げる人物でもあるこの女性が、プリメラ王女のお気に入りというだけではない理由で好感を持ち、その上さらに難儀で可愛い後輩が想いを寄せていると噂の『鉄壁侍女』とやらには彼も興味が湧いてきた。

きっとこの布地は彼女の社交界デビューに役立つだろう。

派手好みでもないし、噂によれば行き遅れと言われる年齢なのだからこのくらい落ち着いた布地で逆に良かったかもしれない。気に入ってもらえれば良いのだが、とキースは内心で呟《つぶや》いてからそれを着た女性を頭に思い浮かべて、ふと後輩のことを思う。

「……できましたらドレスを作る職人にお伝えいただきたいことが一つ、そして王太后さまにお願いが」

「あら、なにかしら？」

「あの男、存外嫉妬深い面を持っていましてね。若さと一途さゆえの愚かな小僧と笑ってやっていただいて良いのですが……恋しい女性の姿を大勢に見せびらかしたくもあり、触れさせたくもない男心というものがあるのです」

「まあ」

「ですのでどうぞ、露出は控えめに。ダンスを踊るのは後輩の特権にしてやっていただければと思います」

「……わかりました、覚えておきましょう」

キースの願いを受けて、にっこりと笑ったその顔が悪戯を思いついた少女のようだと思ったけれど、あえて口にはせず彼もまた笑顔で一礼しただけである。

すべての話が終わったと察したキースが立ち上がり、再び一礼してその場を去ろうとしてふと振り返る。

それに気が付いた王太后が視線でなにごとかと尋ねれば、彼は笑顔を浮かべて口を開いた。

「もし叶うのであれば、ですが。是非一度、私めもファンディッド子爵令嬢にご挨拶させていただければと思います」

「ええ、ええ。それは勿論。この舞台、貴方の協力も欠かせないもの。いつも頼りにしているわ、伯爵」

「身に余る光栄にございます」

夏の日差しに、庭で咲き誇る百合が輝きながら風に揺れる。

テーブルの上の白百合も、艶やかに咲いていた。

【白百合の花言葉】

純粋、無垢
威厳

それは道端に咲く菫《すみれ》にも似たような

私が陛下より命じられ、王女宮に配属となったその日。

彼女……ユリア・フォン・ファンディッド子爵令嬢は、緊張した面持ちながら私を凛と真っ直ぐに見て、丁寧《ていねい》なお辞儀《カーテシー》をしてくださいました。それは子爵令嬢としてではなく、王女宮の筆頭侍女として、一人の侍女としての行動であると感じ取って、私は内心感心したものです。

国王陛下の執事であった私に対し、背後関係を気にして媚《こ》びるでもなく。或いは自分の立場を誇示するかのように居丈高《いたけだか》な振る舞いをするわけでもなく。

かといって、自分を卑下《ひげ》する様子もない。なんとも綺麗なお辞儀を見せるではありませんか。

（ふむ、まあ第一印象としては良いですな）

陛下が愛し大切に想う王女殿下のお気に入りの侍女ということで、私もその顔と名前は存じておりましたが、彼女の人となりまでは知りませんでした。

同じ王城勤めとはいえ、知らぬ人間の方が多いのが現実です。実際、彼女は私のことなど今回のことがなければ知る由《よし》もなかったでしょう。珍しいことではありません。

「これより、よろしくお願いいたしますぞ。筆頭侍女殿」

「若輩者にて行き届かぬ面が多々あるかとは思いますが、精一杯務めさせていただきます。セバスチャンさまもご指導とご協力の程、よろしくお願いいたします」

見事な黒髪をきちんと束ね巻き上げ、過分なる化粧もせず。言葉遣いも発声も合格点と言えましょう。緊張していることは様子を見てわかりましたが、声が震えることもなく所作も美しければほとんどの人間がその緊張に気づくことなく立派な侍女であると褒めそやすに違いありません。

目上の者を敬う気持ちも見えますし、その言葉が嘘ではないのだろうと感じられれば当然、好印象を持つのが人間の性《さが》というものでございましょう。

「なに、この年寄りのことはただの部下として呼び捨てでも何でもなさればよろしい」

「そのようなわけにはまいりません。セバスチャンさまは私などよりもずっと長く王家のためにお仕えしてこられた方だと伺《うかが》っております。学ばせていただける上に、私のような若輩者の補佐までしていただくのですから……」

「だからこそですぞ」

「は、はい」

「対外上、この宮での我々使用人の長を務めるのは、他でもない貴女なのです」

「……はい」

「確かに私は教育も含め、貴女の補佐をすることを陛下より命じられました。ですがあくまで上下関係だけで言えば、私は『筆頭侍女』の部下ですぞ」

私の言葉に彼女は初めて動揺したように目を左右に動かしていて、その姿は譬《たと》えるならばそう、まるで小動物のようです。

優秀には違いないのでしょうが、中身は年相応のお嬢さんなのでしょうな。そう思うとなんとも可愛らしいことではありませんか。年齢を考えれば私は彼女の祖父と言ってもおかしくない年齢です。

ゆえに陛下としても、私が王女殿下とそのお気に入りの侍女に対して保護者としての役割を持つようにと采配なされたに違いありません。年若い者たちでは心許《こころもと》ないとも感じ、また成長していく王女殿下に懸想《けそう》するあまり道を踏み外す者が出るかもしれないと案じていらっしゃるのでしょう。

心配しすぎだとは思いますが、陛下の行き過ぎた心配もまた愛情ですから、特別問題というわけでもありませんし、臣下としては黙って従うのみでございます。

（一応名目上は、私が彼女の『補佐』であることは間違いありませんが……単純に国王陛下や王弟殿下、王太后さまのご意向で王女殿下に妙な虫が寄ってこないようにすることが本来の目的だと知ったなら、このお嬢さんはどんな反応をするんでしょうなあ……）

そう思うと少しばかり、筆頭侍女になりたてで意気込んでいるこのお嬢さんが哀れに思えてくるから不思議です。

国王陛下に長くお仕えし、なによりも仕事に打ち込んできた私のことを信頼しているからこそ掌中の珠ともいうべき王女殿下と、その筆頭侍女の補佐という大役をお任せいただいたのだと思えば当然のこと、よく導いてあげねばならぬと気合も入ろうというものです。

それになによりも、私自身がこのお嬢さんのことを個人的に好ましい人柄として受け入れたのでしょう。これが父性というものでしょうか？

謙虚で誠実な人柄を見せる、この新米の筆頭侍女殿と私はきっと上手くやっていけるだろうと、不思議とそう思ったものです。

そしてその予感は、正しかったのです。

筆頭侍女殿のことを「ユリアさん」と最近はお名前で呼ぶようになり、彼女もまた私のことを「セバスチャンさん」と呼ぶようになって、ああ、孫というものがいたならば、このように胸が温かくなるようなものなのだろうかとも少し思う日々でございます。

陛下は王女殿下の、王女宮の侍女の人数を少なくしてほしいという願いを聞いたものの、王女宮ができたばかりということもあって、何か不自由を感じていないか心配だったのでしょう。私に当面の間、筆頭侍女殿には内密で王女宮の状況を報告するよう命じられたくらいですから。

日々なんとも穏やかな王女宮の話は大した報告になるはずもなく、王女殿下は恙《つつが》なく穏やかに暮らしておられること、ユリアさんが専属侍女としての役割と筆頭侍女という大任にも挫《くじ》けることなく努力している様子などを記すようになった今では、陛下からそろそろ報告は不要であると言われるのではないかなと思うのですが……。

いえ、これは私の予想に過ぎませんが、まだもうしばらくは、そのようには仰らないのでしょう。むしろ報告を楽しみにしておいでではないかと私は踏んでおります。

陛下は普段からお忙しいゆえ、愛娘の様子というものが気になって仕方がないご様子でしたから。報告というのは名ばかりで、本当の所は私に普段の様子を書かせようと思ってのことなのでしょう。

(そういえば、本日は三人で庭先を歩きましたな)

ええ、ええ、その辺りもきちんと理解しておりますとも。

このセバスチャン、陛下とは、陛下が齢《よわい》一桁《けた》の頃からの主従関係でございます。

王女殿下であるプリメラさまは年齢の割に利発でいらっしゃるので私が困るようなことは一つもなく、むしろ私のような者にまで気さくにお声をかけてくださる、大変お優しい方にございます。

いずれは往年の王太后さまに勝るとも劣らぬ、社交界の花となられることにございましょう。

そして、その王女殿下のお傍に常に控えていらっしゃる筆頭侍女であるユリアさんも、私が教えることなどほとんどないので、このセバスチャンは執事としての役割を全うすれば良いだけという日々です。

お二人とも、私のことを慕ってくださってプリメラさまなど『セバス』と親し気に呼びかけてくださるほどです。

陛下のお傍にいた時には味わうことのなかった平穏さを感じております。

あの頃は陛下を守るためにも気が抜けぬ日々であり、あの方の寛《くつろ》げる場を守ることに心血を注いでいた身としては、少しばかり肩透かしのような、心地よさに腑抜けてしまいそうな、そんな気がするほどです。

(陛下は、このような穏やかな日々のことばかり記されている報告書を読んでどのようにお思いになるのでしょうなあ)

今日の報告書には、手入れの行き届いた庭と美しい花々に興味を惹かれた王女殿下が、市井《しせい》ではどのように花を愛《め》でるのかと疑問に思われたお話を記させていただきました。そしてそれに対して答えるユリアさんの姿を思い出して、ユリア・フォン・ファンディッドという女性は、貴族の令嬢としては大変素朴な面を持ち、仕事に矜持を抱く女性である、と国王陛下への報告書に記しました。

プリメラさまが知る『花』というものは美しく整えられた庭に咲き誇るものと、切られて花瓶に生けられたものにございましょう。

知識としては、種子が地に根ざしたならばどんな場所でも花を咲かせるということもご理解されておいでででしょうが、実際に目になさるものと知識とは違うもの。それはこの王城で育ったに等しいユリアさんも同様でしょう。何せ彼女も子爵令嬢なのですから。

まあ彼女に聞いたところによると、ご実家のファンディッド家ではご当主が花壇の世話をしていたということでしたから、多少は知っているのでしょうけれども。

プリメラさまの問いに、ユリアさんは答えました。

『王女殿下、花は人が思いもよらぬような場所にも咲きます』

『どんなところ？』

『例えば、垣根ですとか、切り立った崖に咲くものなどがございます。人の手を借りずとも美しい花を咲かせる、そんな生命力があるかと思います』

『そうなの？　でもこの庭は美しいわ』

『庭師たちが、季節が変わっても常に美しい花が見られるようにと考えて手入れを続けてくれているおかげでございます』

『……ここの庭の花は美しいわ、でもきっと自由に咲く花も力強くて美しいのでしょうね。籠の中にも鳥はいるけれど、空を自由に飛ぶ鳥がいるのと同じなのだわ』

王女殿下の聡明さには舌を巻く思いでございますよ、ええ。

あの方の、まだ子供らしいあどけなさの中に浮かんだ寂しげな笑みは、自由に振る舞えるだけではない、王族の一員としての重圧を理解しているのだと私は解釈いたしました。

少しばかり贔屓目《ひいきめ》に見ているのかもしれませんが、普段から『立派な王女になるためだから』と明言なさっている王女殿下ですから、そのように考えておられてもなんら不思議ではないと私は思ったのです。

『ですが、どこに咲いている花も愛でる人がおります。籠の鳥も愛すればこそ大切に籠で飼っているとも言えますし、空を飛ぶ鳥もどちらも素晴らしい声を聞かせてくれます』

『……ユリアは野に咲くお花と、庭園に咲くお花、どちらも好き？』

『はい。ですから王女殿下とこうして庭を眺めておりますと、とても楽しゅうございます』

『プリメラもユリアたちが一緒だと嬉しいし、楽しい！』

『それはありがとうございます。王女殿下、そろそろ風も出てまいりましたしお部屋に戻りませんか。珍しい花の紅茶が手に入ったのでそちらをご用意いたしましょうか』

『わあ！　どんなの？』

『菫の花がブレンドされたもので、優しい香りのするものにございますよ』

『お花が入っているの？　楽しみ……！　ねえ、早く戻りましょう！』

『はい、それではすぐに準備いたします』

子供らしからぬ志と聡明さをお持ちであり、同時に子供らしい感性を持つ王女殿下。

その危ういバランスを支えているのは、専属侍女であるユリアさんなのだということを私は王女宮で過ごすようになって実感いたしました。事実、後宮時代、癇癪《かんしゃく》気味であった王女殿下が彼女だけを近くに置くようになってから落ち着きを取り戻したのです。

専属侍女とはいえ見習いであった彼女一人に幼い王女殿下を任せられるはずもなく、ユリアさん以外にも数多の侍女たちが後宮では世話役としてついていたのだと私は聞いています。

一時はどうなることかと周囲も危ぶんでいたようですが、ある時ぴたりと癇癪が止んでユリアさんが常に傍にいるようになったのだと聞いた時には、なにがあったのかと勘繰る者も多かったようですが……こうしてお二方《ふたかた》の傍にいるようになって、私もそれがなぜなのか、なんとなくですが理解できるようになりました。

互いを信頼している主従という関係は、羨ましくも眩しく見えるものです。

特にユリアさんは年長者として、貴族令嬢であるよりも専属侍女として、個人としてプリメラさまにお仕えしようというその心がはっきりと見て取れて私としては感動すら覚えたものです。

かつて私が陛下と共にあった在りし日を思い出させる、そのような二人の姿にどうして微笑まずにいられましょう。とはいえ、そのような思いは表情に出しはいたしませんが。私には、彼女らにとっての保護者的な役割と、先達《せんだつ》としての矜持がありますからね。

（……それに、陛下と私の関係は、彼女たちのように純粋なものではないとは思いますしね）

大輪の花が如く人々の憧れや尊敬を集める王女と、日陰者として主人を支える侍女の関係は一般的な主従なのですが……彼女たちには当てはまらないと思います。

あの二人の関係を譬えるならば、陽だまりの母と娘でございましょう。そのようなことを告げれば国王陛下が拗ねて仕事を放棄する未来が見えますので、そこは報告書には記載などいたしません。

(そういえば、あの菫の紅茶はなかなか良い香りがしましたな)

ユリアさんが言っていたように、優しい香りのする紅茶でした。上品で、それでいて香り高き花とは異なるささやかな甘い香り。

菫という花は、彼女が言っていたように、思いもよらぬような場所に咲いていたのを私は見たことがあります。それは本当に、人通りの多い道端でも力強く生き、そして時折、道行く人の目を和ませるような花だと思います。

そしてそんな花は、ユリアさんによく似ているように思いました。

(……柄じゃないですなあ)

どうやら私も、随分と孫娘がごときお嬢さんに絆《ほだ》されてしまったようです。

素朴なお嬢さんでありながら、仕事に矜持を持つその凛とした姿に骨抜きというやつです。

この王女宮で筆頭侍女としていてくれる限り、私は彼女の師であり祖父のような存在でいられるのですから。そんな願いが少しだけ表に出てしまったのかもしれません。

……困ったものですなあ。

そんな風に思いながらも。毎日が、楽しくて仕方がないのです。

【菫の花言葉】　謙虚、誠実

露草に目を向ける

夜の静けさの中に扉が開く音が響いて、男が顔を上げた。

「あなた、いい加減夜も更けてきましたし、そろそろ休んでくださらないと執事たちが困って毎回わたくしを呼びに……あら、珍しい」

「……ビアンカ」

名前を呼ばれた女が、柔らかな笑みを浮かべながら歩み寄るのを見て、男は作業する手を止めた。

共に高位貴族として、あちらこちらへと足を向けることが多いゆえに、本来の公爵として代々受け継ぐ土地ではなく、城下に構えた館で過ごすことの多い二人だ。

互いに顔を合わせない日も時にはあるが、それでも仲睦まじい夫婦と言われている方ではなかろうか。今日も互いに別の用事を済ませて、帰宅したのは先程だ。

そして共に晩餐を済ませて後は体を休めるだけという状態で、なかなか休もうとしない働き者の宰相に家人たちが困り果て、この館で唯一、彼に意見できる立場であるビアンカを呼んでくるのはもはや恒例といっても良かった。

ノックもせずに入室することが一般的には無作法であっても、この夫婦の間ではいつものことなので気にしない出来事らしい。しかし今日は入ってくるなり、珍しいとビアンカが目を丸くしているのだ。

何を言っているのかと夫である宰相が首を傾げると、ビアンカはその無言の疑問に答えるように優雅な所作で指さした。

「それよ」

「この書類か？　別に珍しいことでもあるまい」

「そうね、あなたが帰宅してからもお仕事をするのは珍しいことではないわね」

くすくすと笑った妻に、宰相はまた首を傾げた。

別段不可思議な行動をとった覚えはないし、いつも通りのことだ。

宰相としての業務のほとんどは王城で行う分、この館では領地からの報告書や求められた質問状などに目を通し裁可していくことが多いのだが、それこそ公爵としての業務なので珍しいことでも何でもない。

代々続く貴族の当主たちの間では書記官や代官に任せっきりという者もいるようであったが、彼はそれをよしとしない性格であったし、それはビアンカもよく知っているはずなので珍しいという彼女のその言葉の方が珍しい。

「書類を見て、感心をしているあなたが珍しいのよ」

「……感心していたか」

「ええ、とても」

「そうか」

ビアンカの言葉に、ようやく得心がいったのだろう。

妻と書類を交互に見てから、彼はそれを差し出した。

「あら、わたくしが見ても良いものなのかしら？」

「領における書類であれば、公爵家の女主人たるお前が見て問題になるようなものなど一つもない。まあこれは……王城で見かけた書類なのだがな」

「へえ？」

それこそ、あまり城から仕事を持ち出さない夫が珍しいと、ビアンカは目を丸くしてから楽しそうにその美しい顔に笑みを浮かべた。それを見て宰相が苦笑したが、彼女はそれを気にする様子もない。

「……これは、備品の申請書かしら？」

「そうだな」

「これがどうしたの？　貴方の管轄外よね？」

「それは王女宮から出たものの写しだ」

「写し？　どうしてそんなものを」

「どう見る？」

「え？」

静かに問われて、ビアンカは再び書類に目を落とす。

そこには申請の日付、必要なものの名称、数量、事由《じゆう》とごくごく一般的なものが記されているだけだ。そしてその下に申請者として王女宮筆頭のサインがあり、ビアンカの目にはごく普通の書類のように思えた。

「……別におかしなところはないわね。よくできているのではなくて？　王女宮といえば正式に稼働したのはつい最近でしょう」

「そうだ。王女殿下も宮を移られて今の生活に慣れてこられたようだし、そろそろ勉学の方も本格的に始まるだろう」

「ええ、わたくしも王太后さまより、礼法と社交についての基礎を教える役を任されたわ」

「ああ」

「遠目にしかお会いしたことがないけれど、とても可愛らしいお方よね」

「そうだな」

「素直な良い子だとも聞いているけれど」

公爵位にある夫妻であろうと、後宮で過ごす王子と王女とはそう接点がない。公式行事で挨拶をすることがある程度だが、そのような場は結局大人同士の会話と行事が詰まっているのだから、未だ役目を与えられていない子供と接することがないのは当然とも言えた。

教える立場となったビアンカが王女について気にするのは仕方がないのだろうが、とりあえず王太后からは素直な良い子だと聞かされているため、そこまで不安はないようだった。

「王子殿下も聡明な方だしな、近いうちに王太子として内定するだろう」

「もう？　早いわね。相当優秀だとは噂に聞いていたけれど」

「アルベルトが褒めそやしていた」

「あれはただの身内可愛さというものではなくて？」

「まあそれもあるだろうが……私の目から見ても王子殿下は優秀だ」

「そう、あなたがそう言うのなら、相当なものね」

「兄が優秀ならば妹もそうだろうと単純に考えるのは愚かなことではあるが、あの男は同様に王女殿下のことも聡明だと褒めていた」

「……なら、期待できるのではなくて？」

アルベルト、そう王弟の名を呼び捨てにする程度には彼らは親しい。幼馴染《おさななじみ》と互いに認める関係にあるが、それを口にするのは宰相が嫌がるのでビアンカもあえて触れることはない。

とはいえ、そのおかげで直接関わりがなくとも王子と王女の近況を彼らは頻繁に耳にしている。

いかに甥と姪が可愛くて優秀であるかを語る、はた迷惑な幼馴染の行動に宰相としては眉間に皺《しわ》を寄せるばかりだが、ビアンカとしてはその話をひそかに楽しみにしていた。

そこで幼馴染の話から二人が興味を惹かれたのは、王女の専属侍女である王女宮筆頭の存在であった。

ユリア・フォン・ファンディッド。

領地持ちとはいえ下級貴族出身の見た目はぱっとしない地味な侍女だが、泣き止まぬ王女を落ち着かせたという逸話を持ち、その後も王女が片時も傍から離さぬほどのお気に入り具合だという人物で、どうやら自分たちの幼馴染もまた相当気に入っているようなのだ。

なかなかに興味深い出来事だと宰相も思う。王弟という立場にあるアルベルトという男は自由奔放で快活で考えなしのところがあるように思われがちだが、頭が悪い男ではないと宰相は評価している。

他人が聞いたら不敬だと糾弾《きゅうだん》したかもしれないが、それはそれ。宰相である彼は無用に人を寄せ付けない性格の男であったし、気軽に軽口など叩く男でもなかったので、こうした辛辣《しんらつ》なまでの評価というのは妻に聞かせる程度で他の誰にも知られていない。

「その書類は見やすいだろう。聞けば王女宮から上がってくる書類は、非常に効率よく、要点がまとめてあるので文官たちが大助かりしているそうだ」

「まあ」

「文官として引き抜いてはどうかと上申してきた者も出てくる状態でな。それで資料としてその書類を含め、いくつか持ち出しても問題のないものの写しを作成して私の元に持ってきたというわけだ」

「なるほどね」

「確かに悪くはない出来だ。貴族令嬢として生まれた以上、教養があることは前提としても、侍女という立場で行う書類作成で考えればこれは上等な部類だろう」

返された書類を受け取った宰相が再び視線をそこに落とすのを見て、ビアンカが小首を傾げる。

面白がるように、口の端を上げて笑っている姿は悪戯っ子そのものだ。

「そうね。筆頭侍女になるくらいなのだから、その辺りも優秀なのではなくて？」

「王女殿下の信頼が篤いことが最も重要視されたと聞いている」

「そう……どんな人物なのかしらね」

「それをお前に見てきてもらいたい」

「あら、重要な役目をわたくしに課すのね？」

「役に立ちそうな人間であるなら、引き抜くこともやぶさかではないだろう。アルベルトが認めているならば、無能ではないと見て良いはずだ」

書類の書き方を変えても誰かが文句を言うこともない。それゆえに効率を重視した書き方に変更するというのは合理主義でもある宰相からすれば当然のことで、それを率先して行える人物ならば能力的には問題ないだろう。

そもそも問題がある人物が筆頭侍女になりようもないのだけれど、そこは念には念を入れてというものだ。宰相にとって最も信頼できる身内であるビアンカの評価は、そのまま彼にとっての評価へと繋がっている。

侍女上がりでも優秀な文官になってくれれば、こちらとしても仕事の手間が減る可能性があるのだから全く問題ない。その場合は王女殿下に納得してもらわねばならないので、幼馴染にも勿論説得にあたってもらうつもりでいる。

「まあいいわ、その役目は担ってさしあげるから、そろそろお休みくださいませ、あ・な・た」

「……仕方がない」

「でもそんな風に楽しそうになさるあなたを見るのは久しぶりね。アルベルトと一緒に学生時代、色々悪巧みをしていた時の顔にそっくりよ？」

「よしてくれ。あれはあの男の失態をカバーするために仕方がなくやったことだ」

「それでも懐かしいわ」

ビアンカは笑う。

宰相はそんな彼女の髪に、小さな青い花を模した髪飾りを見つけ、それをそっと抜き取った。

「あら、どうして取ってしまうのかしら？」

「……懐かしい、こんなものをまだ忘れずにいたのか？」

「いいじゃないの、あなたが初めてくれた髪飾りですもの」

うふふと笑う妻に、夫はかなわないとばかりにそっとため息を漏らした。

冷徹なる宰相と、社交界の花と呼ばれる夫婦のこんな可愛らしいやり取りなど貴族たちは知る由もない。


それから後、ビアンカは王女宮筆頭を引き抜くことは決して許さないと笑顔で言い放ち、宰相は目を丸くした。

理由を問われて、「ドルチェが美味しかったからよ」と、そう笑った妻の耳が少しだけ赤かったのを宰相は目ざとく見つけ、それが照れ隠しであると気づき、口をへの字に曲げる。

そしてそれを目撃したアルベルトが王族らしからぬ大声で笑い転げたものだから宰相の執務室が大変な騒ぎになったのは、また別の話である。

【露草の花言葉】

僅かな愉しみ、尊敬
懐かしい関係

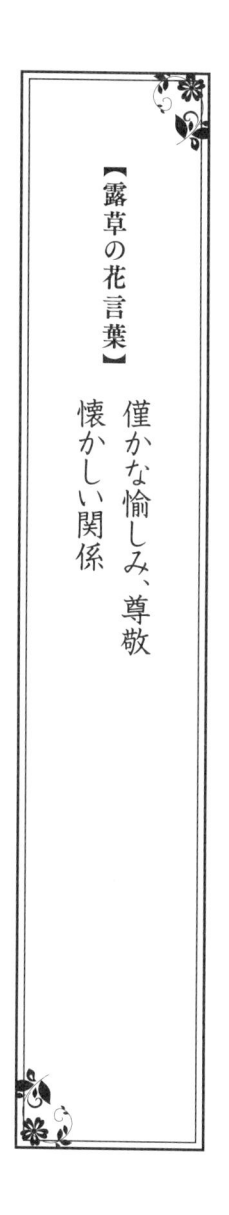

加密列《カモミール》は踏まれるほどに強くなる

ナシャンダ侯爵は、いつものように自宅の庭園を歩きながら薔薇の様子を眺めて過ごしていた。彼にとっての日課であり、侯爵としての業務の一つであり、なによりも息抜きであった。

季節問わずに薔薇が咲く庭、それはナシャンダ侯爵家が代々大切に育ててきたものなのだ。

一通り見て回って満足した様子で、侯爵は薄く笑みを浮かべてぐるりと庭を見渡した。

そして館へ戻ろうと足を向けて、ふと止まる。目を丸くして見つめる先には、友人でもある商人の姿があって、それから、やってしまったという顔を浮かべてやや早足で近づいた。

「すまない、約束の時間になっていたかな」

「ええ。執事さんに聞いてこちらへ来たんですが、すぐに会えて良かった。こちらのお庭は広いですからな、行き違いになったら大変でした」

「本当にすまないね、ロベルト」

「謝っていただくほどのことじゃありませんよ」

肩を竦めて笑ってみせたのは、ロベルト・ジェンダだ。ジェンダ商会の会頭であり、ナシャンダ侯爵とは薔薇の栽培に関して昔から付き合いがあり、身分の差はあるものの互いに友人であると公言している仲である。

ジェンダ商会の拠点が城下にほど近い場所にあることもあり、彼らはそう頻繁に顔を合わせるわけではない。しかし二～三か月に一回は御用聞きと称してジェンダが侯爵の下を訪れることもあったし、逆に買い付けの依頼という名目で侯爵が彼を呼びつけることもある。

そうして顔を合わせては商売の話の傍《かたわ》ら近況を語り合い、時には酒を酌み交わすのだ。

「それで、今回はどうしたんです？　先日ご依頼いただいた王女殿下の品でしたら、まだ発注したばかりですよ」

「いやあ、そうじゃないんだ。それも関係しているのだけれどね」

「おやまあ、なんですか。侯爵さまも王女殿下と揃いのガラスペンが欲しくなったとか言い出すんじゃないでしょうね」

「ああ、それは考えていなかった！　それはいいなあ。うん、揃いの物を誂《あつら》えて贈らせていただくというのも良いかもしれないねえ。義祖父としてそれくらいは許されるんじゃないかなあ。ああ、でも国王陛下が羨ましがってしまうかもしれないから難しいかな？」

「……そこらの機微は俺にはわかりかねますが、お望みならご用意いたしますよ」

呆れた様子でそれでも前向きに答えたジェンダに、侯爵は柔らかく笑う。

ゆったりとした足取りで二人揃って館に戻れば、彼らの戻りに執事が頭を下げた。

「おかえりなさいませ。ジェンダさまも、ありがとうございます」

「すまないね、ほんの少しのつもりだったんだが。客間に茶を用意してくれるかな。特別な客人以外は通さずに、いいね？　私もすぐに行くから」

「かしこまりました。それではジェンダさま、こちらへどうぞ」

家令に連れられるジェンダを見送って、侯爵もまた彼を待たせてはなるまいと近くの侍女を呼びつけて身支度を整え直し、客間へとやや急ぎ足で向かった。

侯爵の指示通り、客間には香り高い紅茶と茶菓子がテーブルに準備され、彼らが興じるためのチェスのセットが一揃い準備されている。彼の到着を待って執事が他の用がないかの確認をしてきたが、侯爵はただ手をゆらりと振っただけだ。

それで十分通じたのか、執事は静かに一礼すると部屋を出ていった。

「相変わらず、仕事のできる御仁だ。雇い主としても鼻が高いことでしょう」

「まあね。彼は私の父の代から仕えてくれている大ベテランさ」

「そりゃまた、年季の入りようが若い連中とは一味も二味も違うでしょうな」

「その分、私も頭があがらない相手の一人ではあるんだけれどね。さ、茶菓子もたんとあるから食べておくれ。それが例の特産品にしようとしているものでね！」

「……なるほど、そのお披露目でしたか」

「ロベルトがユリア嬢を紹介してくれたのだから、君が一番に食べる権利があるだろう？　そして取り扱いに関してもお願いしたいのだけれどね」

「そういうことでしたら、勿論喜んで」

「そうだなあ、まずはジャムから試してもらおうかな」

うきうきとした様子で勧めてくる侯爵に、ジェンダは苦笑する。

普段から穏やかで親しみやすい人柄であるが、薔薇だけではなく侯爵自身が興味を持ったもの、或いは好ましく思ったものを人に勧める時は、言い方は悪いがまるで子供のようにはしゃぐのだ。

（こういうところがなんとも微笑ましい、と思うのは不敬だろうか）

男というものはいつまで経っても子供のようなものだ、とジェンダも若い頃にどこかの酒場で働く女性陣にからかわれた覚えがあった。彼女たちは、国一番の商人になると息巻いていた頃の若い自分を微笑ましそうに見ていた。

それはちょうど、あれやこれやと楽し気に説明をしている友人を微笑ましく思う、今の自分と似たような気持ちだったのだろうか、なんてジェンダも思ってしまうのだ。

「ユリアの嬢ちゃんは、良い娘さんだったでしょう」

「ああ、君が言っていた通りだったよ。失礼ながら試すような真似をさせてもらったんだが、真摯に受け止めて応えてくれた」

「そうですか」

手の届かなくなってしまった愛娘の面影を残す王女と、その傍らに控え愛娘を慕ってくれたユリアの姿を思い浮かべてジェンダは目を細める。

その彼女が考案したという薔薇のジャムをスコーンにたっぷりと載せてかぶりつけば、甘みと香りが口いっぱいに広がった。

「……こいつは確かに人気が出そうですな。ただ手間がかかるのでは？」

「その通り。何せ適した花を丁寧に扱わねばならないからね。そこで製造の手間がかかる分、受注製造をしてはどうかと提案も受けたよ」

「なるほど」

「薔薇から採れた蜂蜜はすでにあるからね、それと併せてセットで贈答品などにしても貴婦人たちに好まれるのではないかとも言われたね」

「ああ、好まれそうですなあ」

「どう思う？」

洒落《しゃれ》たモノを見つけては我先にと愛用・宣伝してくれる貴婦人は商人たちにとっては良い顧客だ。勿論、ただ目立つためだけという目的の人間は、利用されるだけでいつの間にか姿を消してしまうところにちょっとした特権階級の人間たちの闇を感じなくもないが、ロベルト・ジェンダという男にしてみればそこは貴族であろうと庶民であろうと変わらない。

要するに、節度というやつなのだろうと彼は割り切っている。

そういう意味で言えば、受注生産というのは悪くない方法だとジェンダはきっぱりと答える。

貴族というのは特権階級なのだから、彼らは庶民が簡単に手に入るようなものよりも、そういった『特別に』用意されたものを好む傾向にある。

その辺りの希少性を感じさせて、なおかつ貴婦人たちに人気のある薔薇の花を用いた蜂蜜とジャムとくれば、それはもう茶会の話題となるに違いない。それも『薔薇といえば』とまで言われるナシャンダ侯爵領産であれば信頼度も高かろう。

「とりあえず、ちょうど秋の園遊会に私も招待されているから、そこで王太后さまと公爵夫人にお土産として渡すつもりさ。きっと彼女たちが宣伝してくれるだろう」

「国王陛下と王妃さまにはなにをお土産になさるおつもりで？」

「いつも通り、我が領で最高の薔薇たちを」

当然だろうと薄い笑みを浮かべた男には先程までのはしゃいでいた様子はなく、侯爵としての姿があった。やろうと思えば十分に貴族らしく振る舞えるというのに、人一倍社交界を面倒がる友人のその姿を見て、ジェンダとしては苦笑するばかりだ。

だからといって特に彼が侯爵に対して何かを言うこともなかった。

「とりあえずの生産は指示しているんだが、どれほど作り出せるのか今はまだ初期段階で判断材料が少なすぎる。生産量が安定してくるまではしばらく時間が必要だろうし、季節によって薔薇の種類を変えることも考えると、そう数は出せないと思うんだ」

「承知いたしました。こちらとしても流通の枠は空けておくとしましょう」

「ありがとう」

「……こちらこそ、おかげさまで……会うことが、叶いましたからな」

「ロベルト」

侯爵が、なんと声をかけるべきか迷う姿を見せた。

ジェンダにとって、それだけ愛娘が命がけで産んだプリメラという少女は遠い存在だったのだ。

どれほどまでに娘を慈《いつく》しみ、愛し育てていたのかを侯爵はよく知っている。知っているからこそ、そのジェンダが愛娘の恋を応援するのだと自分に頭を下げてきた時に、快く受け入れたのだから。

幸せになってくれればいい。

いつか、遠くから一目見えたなら、それでいい。

いつか、パレードなんかでかすかに見られるだけでもいい。

元気でやっていてくれたら、それで。

愛する人を見つけて、幸せになってくれたなら、それで。

それで、いい。


そう繰り返し言っていたジェンダの想いを、侯爵は昔から知っている。

けれどその愛娘は側室という立場からパレードなどに出てくることはなく、子を身籠《みごも》ったという話が国内に流れても個人で様子を知ることも叶わない。

そして、月日が経って悲しみが訪れた先に、遺された愛し子を、繋がれた命を一目見たいと願ってもそれが叶うはずもない。

どれほど先かわからないが、もしかすれば公務で遠出をする際や、パレードの際に姿が見られるかもしれないが、それだって約束されたものではない。

そうした現実を前に、ジェンダ夫婦が失意の中に沈んでいく姿を前にしても何もできず、侯爵が友人として己の無力さを歯痒《はがゆ》く思ったのは、もう大分前の話だ。

そんな中、珍しくジェンダが侯爵を訪ねてきて酒を飲み、言ったのだ。

『お城に行っちまった娘よりもうちょい下かな。そんな年頃の嬢ちゃんが、うちの店にやってきたんですよ』

ご側室さまにはお世話になりました、とそう言って泣きそうな顔で挨拶をする少女がやってきたのだと笑って喋るジェンダは、酔いもあってか次第に涙に震える声を侯爵に聞かせた。

『とても優しい人だった、実家の両親が自慢だってよく話してくれてたって、……幸せそうだったって、教えてくれたんだ。あの子のことを、教えてくれたんだよ』

それを聞いて侯爵も、ああ、とため息を零《こぼ》したことを覚えている。

王城に行ってしまった愛娘がどんな暮らしをしていたのか、その少女が目にしたことを教えてもらってようやくジェンダの心が穏やかになったのだ。そして、侯爵の心も。

あの城で寂しい思いをしていたかもしれない娘のことを思って、そこから身動きが取れなくなってしまった男たちは優しさで繋がった少女に心を救われたのだ。

『王女殿下は、そりゃもう可愛いんだとよう。優しくて、愛らしくて、素直で、……とにかく褒めちぎってくるもんだから俺は笑っちまったよ。でも、その嬢ちゃんがさ、あんまりにも嬉しそうに話してくれるから、嬉しくて、嬉しくて……笑っちまったんだ、嬉しくて』

それがユリア・フォン・ファンディッドという名前の少女で、侯爵はいつかお礼を言えたらいいなと思ったのだ。友人の心を、自分の無力さを、救い上げてくれたのだから当然だ。

いつになってもいいから、そんな風に思っていた侯爵だったが、その機会は案外早く訪れた。

唐突に国王陛下から「子供たちを預けたい」との一言で、避暑地としてナシャンダ侯爵領を指名されてその準備に追われる中、特産品作りに悩む侯爵にジェンダから手紙が届いたのだ。

件《くだん》のファンディッド子爵令嬢が王女と共にそちらに向かうので、彼女に何か特産品作りの良いアイデアがないか話をさせてもらった旨《むね》が記されていたのを見て、侯爵は天を仰いだ。

ジェンダが信頼しているのだから彼としても無下《むげ》に扱うつもりはさらさらなかったが、それはそれ、建前として一応どのような人物かチェックの一つもさせてもらった。

その上でこうして良いアイデアをもらったのだから、お礼を言うことが増えてしまったと侯爵は思っている。

言葉にするのは簡単だ。

だけれど受けた恩は大きくて、言葉だけでは足りない。だから彼が満足できるなにかを用意できるまでこの言葉は黙っておくことにしたのだ。

ジェンダの心と、その後ろでほんの少し侯爵の心も救ってくれた上に、聞けば王女が健やかに育っているのはその傍らでずっと支えている彼女の存在が大きいというではないか。

手土産代わりに特産品の考案をしてくれただけでなく、ついでに販売方法まで考えてくれて至れり尽くせりとはまさにこのことだ。

その上、王女殿下と一介の商人であるジェンダを会わせる機会を作ってくれたのも彼女なのだ。まるで奇跡だとか、運命だとか、そんなものが重なったかのようにユリアという女性を介して良いことばかりが巡ってきたのだ。

どれほどの感謝を伝えれば良いのか侯爵は、まだ、答えを見つけられていない。

（運命だとか、奇跡だとか、そんなものは信じてはいないのだけれどね）

だからこそ、侯爵は彼らしい方法でお礼をしたいと思っている。今はまだ、事業を成功させるところから始めようかなと思うのだ。まずは事業が成功したからと、あれこれと贈り物を始めて後は追々というやつだ。

「あんた、なんか碌でもないこと考えてやしませんか」

「いやだなあ、ロベルト。彼女へのお礼の品を考えていただけさ」

「そうですか」

肩を竦めたジェンダに、侯爵はにっこりと笑っただけだ。

そんな彼らの元に、執事がやってくる。

「失礼いたします、そろそろお茶のお代わりが必要かと思いまして」

「ああ、ありがとう。……おや？　珍しいね、これは加密列《カモミール》のハーブティーかい」

「はい。ジェンダさまがお持ちくださいまして。リラックスできると人気なのだそうですよ」

「そうかい、ありがとうロベルト」

「……没頭しだすと止まらないおひとですからねえ、あんたは……」

執事が慣れた手つきでハーブティーを注ぐと、ふわりと青りんごにも似た香りが立ち上る。

澄んだ色のそれを一口飲んで、侯爵が笑みを浮かべた。

「うん、良い香りでとても美味しい。これはユリア嬢にも贈ってあげたらどうかな？」

「では侯爵さまのお名前でご用意を」

「いや、これはロベルトの名前の方がいいだろう。彼女もその方が喜ぶよ」

侯爵の提案に、ジェンダが困ったような顔をしながら頭を掻《か》く。

執事はそんな二人のやり取りを見ながら、何も聞かなかったかのようにそのまま一礼をして下がっていった。

（リラックスできるお茶が必要なのは、誰なのかな……いや、必要だった、か）

逆境に耐えて持ち直したジェンダを、侯爵は誇りに思う。良かったなと、心底思う。

だからこそ、これからもユリアという女性を通してジェンダと王女を繋いでいけるのであれば、今度こそ手遅れになって後悔する前に、手を貸そう。そう侯爵は心に決めている。

彼女が助けを必要とするならば、ナシャンダ侯爵家の名に懸けて助けると誓っても良いくらいだ。ただ、それを礼として述べるには重たいであろうし、謙虚な彼女は固辞するだろうから決して言わないけれども。

「でもこのお茶はとても良いね、うちにも定期的に送ってもらおうかな」

「毎度どうも。では、そのように」

くくっと喉を鳴らして笑うジェンダに、侯爵もにんまり笑う。

年をいくら経ても中身はどちらも、血気盛んな若者と変わらないのだ。

「それで？　あんまりユリア嬢ちゃんを困らせてやんなよ、侯爵サマ」

「いやだなあ、彼女にお礼をしたいからこそ特産品の事業で稼がないとまずいんじゃあないか。頼むよ、敏腕《びんわん》商人殿！」

【加密列《カモミール》の花言葉】

逆境に耐える
逆境で生まれる力

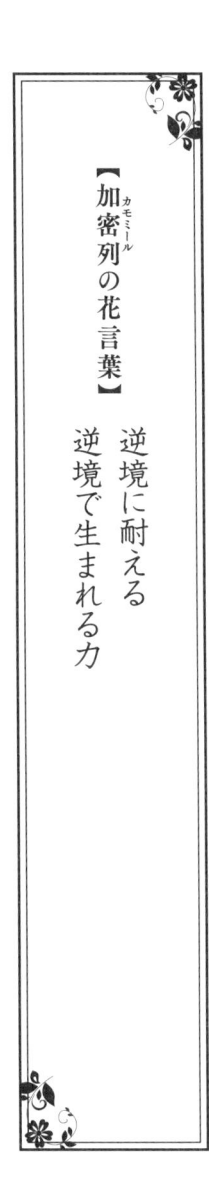

雪融けを待つ柊《ひいらぎ》は

王城内、とある執務室。

そこには王妃の姿があり、その傍らには秘書官が幾人か控えていた。

緊張感を孕《はら》んだ静かな室内には羽ペンを書類に走らせる音が響いている。

「失礼いたします。王太子殿下がお戻りになり、王妃さまに帰参のご挨拶をと……」

「通しなさい」

「かしこまりました」

「……これをすぐに宰相へ。それからこちらの書状を送ってきた貴族をすべて挙げてわたくしの茶会に招くように。それが済んだらお前たちも休憩をなさい」

「承知いたしました」

「わたくしも休憩をとります。この部屋で構いませんから王太子の分も茶を用意するように」

「ただちに」

きびきびと王妃の指示に従い秘書官たちが出ていくのと入れ違いに、王太子であるアラルバートが入ってくる。息子の姿を見て少しだけ目元を和らげた王妃はそれでも口元に笑みを浮かべることもなく、椅子の背もたれに自身の体を預けて深く息を吐いた。

「お疲れですね、母上」

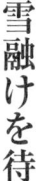

「最近また陛下に側室を持たせるべきだという声が上がっていて、面倒なだけです。……隣国の動きが危ういというのに、まったく無能な者たちは声だけが大きくて嫌になる」

「そうですか」

「……まあ、それは良いのです。ナシャンダ侯爵領は楽しかったですか」

「はい、とても。話に聞いていた通り、見事な薔薇の数々に感動いたしました」

「それは良かった。……プリメラはどうでしたか」

満足そうにうなずいた王妃が、少しだけ躊躇《ためら》ってプリメラの様子を訪ねてくることにアラルバートが苦笑する。その声は先程までの自信に満ち溢《あふ》れた王妃としてのものではなく、随分と頼りないように思えたからだ。

そしてその理由を、今の彼はよくよく理解しているのだ。

「楽しそうでしたよ。……そんなにもあの子を気にするならば、優しい言葉の一つもかけてあげればよろしいでしょうに。そうすればプリメラは、とても喜びます」

「今更でしょう。……わたくしは厳しくしなければ、ならないのですから」

王妃はきゅっと眉間に皺を寄せて息子の言葉を否定すると、どこか拗ねたように外を見た。

それに対して言葉を重ねようとしたアラルバートだったが、ちょうど茶を運んできた侍女の姿に口を噤《つぐ》むほかはない。

王妃は、側室の娘であるプリメラを嫌っている。

国王の寵愛を一身に受けた側室に嫉妬し、その生き写しとまで言われる王女プリメラを良く思っていない。

そう、世間は思っている。貴族たちの大半も、そう思っている。

事実、息子であるアラルバートでさえ子供の頃はそう思っていたものだ。

妹の姿を見るたびに、庶民上がりの母を持つのだからみっともない真似だけはしてくれるなだとか、女の子だからと甘やかされて菓子ばかり食べて恥を知れだとか、国王陛下の愛情に胡坐《あぐら》をかいて学ぶことをしないなど許されないだとか……。

幼い頃に後宮で耳にしたそれらの言葉の数々は、幼かったアラルバートですらあまりにもひどくないだろうかと思ったものだ。だが同時に、母が怖くて妹を庇えなかったことから、見ないふりをしてしまった苦い思い出でもあった。

なにせ、彼の近くにいた侍女たちがプリメラとアラルバートを接触させまいと行動していたことには気づいていたし、それもきっと母の指示なのだろうと思っていたのだ。自分もそれに逆らえば、きっと母に叱られるのだと思うと、幼い彼は動けなかった。

ところが、だ。

七つになって王子宮に移動してみると、視点が少しだけ変わったからだろうか。

それとも近くにいる者たちが変わったからだろうか。

とにかく、おかしいということに気が付いたのだ。

王妃の言葉は辛辣だ。辛辣だけれど、その言葉の裏にはちゃんと意味があるのではないのかとアラルバートが気づいて王子宮筆頭に問えば、彼女はそれを肯定した。

つまり、だ。


『庶民上がりの母を持つのだから――』

貴族出身の侍女たちに馬鹿にされないように、王女らしく振る舞いなさい。

『女の子だからと甘やかされて菓子ばかり――』

菓子ばかりではなく、ちゃんとした食事もとりなさい。

『国王陛下の愛情に胡坐をかいて――』

きちんと学び、飾り物でない王女になりなさい。


いずれも言い方が遠回しすぎて伝わらない。

そしてそれを、意図的にしているのだと聞いた時にはアラルバートは目を丸くしたものだ。

その理由は王子宮筆頭いわく、国王陛下があまりにもご側室を寵愛されているとして、周囲の貴族たちの妬みを買ってしまったからだという。勿論、それだけの寵愛を与えられていただけあって、側室がその悪意に晒《さら》されることはなかったという。

けれど、悪意に晒されない代わりにその人は、孤独になった。

王妃は彼女を認めていたが、その悪意を代わりに受け止めなければならなかったのだ。

彼女に嫉妬した王妃という役を演じ、周囲から出る彼女への悪感情を引き受けることで防波堤になったのだ。

そしてそれは側室が亡くなった後も続く。

市井の出身であった側室のことを軽んじていた貴族たちの子女が侍女になり、表向きは従順であってもどこかでプリメラを見下していた。

そんな侍女たちを炙《あぶ》り出すためにも彼女は冷たい王妃を続けるしかなかったのだという。

(実際には、きっと……他にも方法はあったんだろうけれど)

なにせ、生粋《きっすい》の高位貴族として生まれ、その矜持と役割をもって王妃となるべく育てられた女性だったから。この方法で成しえてしまったことがいけなかったんじゃないかなと、アラルバートは思うのだ。

愛らしく素直に笑う妹は、あんなにも可愛いのに。

庭であの専属侍女と一緒ににこやかにしている姿を、自分の母が眩しいものを見るように、寂しい顔で見ていたことを知っているアラルバートとしては複雑だ。

できれば母と妹の、橋渡しをしたいと思うのだ。

素直に慕ってくれる妹のおかげで、義理の母でもある王妃を嫌っていないこと、親しくしたいと思ってくれているその気持ちも知っている。

後は王妃という役割から、素直になれない母次第だということも知っている。

「……母親の役割は、王女宮筆頭に任せればよいのです」

茶を用意した侍女が下がったのを見計らったように、王妃が静かにそう言った。

息子が何を言いたいのか、彼女もさすがに知っていて知らんぷりはできなかったらしい。

「わたくしがあれこれ言わなければ、陛下は何も仰らないでしょう。これは必要悪なのですよ、アラルバート。時として誰かに疎《うと》まれようとも、その役を担う人間がいなければ世の中は成り立たないのです」

「……私に対して、厳しくも優しくしてくださる母上のそのお姿のままでよろしいのでは」

「それができれば苦労はしません。……わたくしとて、側室であった彼女を妬ましいと思わないわけではなかったのですから、その資格はないのです」

「え？」

「夫の愛情を一身に受ける女性を、羨まないわけがないでしょう。ですがわたくしは王妃なのです。王が側室を持って何が悪いのです、王家を守るためにはわたくしだけではお支えできなかっただけのこと」

かちゃり、とカップがソーサーに置かれる音が静かな室内に響く。

王妃は寂しげな笑みを浮かべて、息子を見やる。

「彼女が王城にやってきたのは、冬の日のことでした。寒い日で、雪が積もっていた日だったことを覚えています」

「母上？」

「金の髪に青い瞳、わたくしを見る目はまるで憧れの人を前にしたかのように無邪気で、陛下の彼女を見る目はどこまでも優しくて。その時からわたくしは、より立派な王妃となろうと思ったのです」

「……」

愛情を得られないなら、せめて信頼を。

それは意地にも似た感情……というよりは、意地だったのだろうと彼女は語る。

決してやってきた側室を憎んでなど、いなかった。

素直に美しい娘だとすら思ったくらいだ。まさに花のような女性だと、同じ女性の立場から見てもそう思えるような美しさだった。その美しさを目の当たりにしたら、王妃は己が庭先で雪をかぶった柊のようなものなのだろうと思わざるを得なかったのだ。

国王の愛情がそちらにあってもおかしくはないのだと、王妃はそれで納得した。

側室がその美しさと優しさで王を癒すのであれば、自分には力強く王を支えることができるのだと彼女は思った。王を支える后《きさき》としての、役割が違うのだ。

羨む気持ちは閉じ込めて、王妃としての矜持を胸に。

だからこそ、側室が命がけで産んだ娘を『庶民上がりの母を持つ憐れな王女』などと呼ばせる気はないのだ。

「わたくしの言葉があの子を傷つけているのは重々承知しています。陛下からも何度か注意をされましたが、あの方も理解しているからこそ表立って何も言わぬのです」

「……はい」

「アラルバート、わたくしの大切な息子。そなたにも多くのことを望み、期待し、時に甘やかしてやれぬ母です。王太子としての責任は未熟なそなたにはさぞ重いことでしょう」

「いえ、そのようなことは」

「妹のことを気にかけておやりなさい。わたくしが優しくしてやれぬ分、そなたが兄として良い点を褒めてあげなさい。……陛下はだめよ、あの方は側室殿を思い出してプリメラを憐れに思い、すべてを叶えてしまうから」

「さすがに、それは」

王妃の言葉に、アラルバートは苦笑するしかない。

甘やかすしか能がないと言っているかのようなその言葉に、何とかフォローを試みてみるものの、確かに父親がプリメラにかける言葉はすべてが砂糖菓子のようで、むしろプリメラに窘《たしな》められている場面すらあったことを思い出す。

「ですがプリメラもすっかり淑女になりました。母上が心配するよりもずっと立派な王女と言えましょう」

「そうですか」

「婚約もほぼ決まったのです、あの子への態度を和らげても堕落するようなことはないと思いますが」

「……考えて、おきましょう」

「はい」

忠臣と名高いバウム伯爵家の嫡子との婚約。普通ならば権力に縋《すが》ってのものとも思えることであった。しかしあの家に限ってそれはあるまいと言われるほどの、信頼あるバウム家の息子がプリメラに恋をしているのだという話は、当然王妃の耳にも届いている。

愛し愛され、それは王侯貴族の結婚としては稀有《けう》とまではいかなくとも、願っても叶うことがない場合もある。

愛されるだけの教養や、所作をプリメラが手に入れているのであれば、王妃としては一安心だ。

勿論、教育状況などは常に報告を受けていて、その成長は素晴らしいもので、淑女としてどこに出しても恥ずかしくないと教師たちが手放しで褒めていたことを、内心で誇らしく思ったものだ。

近くで見守ってはやれない、それでも『母親としての役目』をきちんと果たせていたのだとすれば、彼女の肩から少しだけ力が抜けた。

「もうすぐ園遊会です。……母上からも、プリメラになにかお声をかける良い機会では」

「余計な気を回さず、そなたは王弟殿下と共に身の回りに気を付け、客人を持て成すことだけを考えなさい」

「……申し訳ございません」

「さあ、そろそろわたくしは仕事に戻らねばなりません。そなたも帰ってきたばかり。今日は体をゆっくりと休め、明日からは王太子としての任に励みなさい」

「はい」

一礼して去っていくアラルバートを見送って、王妃はもう一度背もたれに体を預けて目を閉じ、深く息を吐き出した。

それからほどなくして体を起こした彼女は、先程までの疲れた様子は見せず、凛とした表情になって呼び鈴を鳴らす。

ちりりん、という軽やかな音にすぐに侍女が現れた。

「休憩は終わりです、これらを片付けたら次の茶会を開く準備をします。便箋《びんせん》を用意なさい」

「かしこまりました、王妃さま」

女性としての柔らかさや愛嬌は、外交の場にだけ出せば良い。

母親として愛情深い姿で抱きしめるよりも、あらゆる外敵から淑女として身を護る戦い方を率先して教えよう。その代わりに愛情を注いでくれる人は、他に用意する。

そんな不器用な愛情を、知ってほしいとは思わない。

これは自分の意地なのだと心の中で息子に詫びながら、王妃は再び羽ペンにインクを浸すのだった。

【柊の花言葉】
用心深さ、先見の明
保護

転生しまして、
現在は侍女でございます。 0

転生しまして、現在は侍女でございます。 0

*本作は「小説家になろう」（https://syosetu.com/）初出の作品をもとに書き下ろし書籍化したものです。
*この作品はフィクションです。実在の人物・団体・事件・地名・名称等とは一切関係ありません。

2020年7月20日　第一刷発行

著者 ……………………………… 玉響なつめ

イラスト ……………………………… 仁藤あかね
発行者 ……………………………… 辻 政英
発行所 ……………………………… 株式会社フロンティアワークス
〒170-0013　東京都豊島区東池袋 3-22-17
東池袋セントラルプレイス 5F
営業　TEL 03-5957-1030　FAX 03-5957-1533
アリアンローズ公式サイト　http://arianrose.jp
フォーマットデザイン ……………………………… 株式会社 TRAP
装丁デザイン ……………………………… 鈴木 勉（BELL'S GRAPHICS）
組版 ……………………………… シナノ書籍印刷株式会社
印刷所 ……………………………… 大日本印刷株式会社